国务院关于加强
市县政府依法行政的决定

辅导读本

曹康泰　主编

中国法制出版社
CHINA LEGAL PUBLISHING HOUSE

目　　录

第一章 《国务院关于加强市县政府依法行政的决定》的出台背景、起草过程和总体思路

2008年4月30日，国务院第7次常务会议审议并原则通过了《国务院关于加强市县政府依法行政的决定》（以下简称《决定》），并于2008年5月12日正式发布施行。这是国务院专门就市县政府依法行政问题发布的第一个决定，是国务院继2004年发布《全面推进依法行政实施纲要》（以下简称《纲要》）后，为全面落实依法治国基本方略，加快建设法治政府而作出的又一项重大举措，表明了国务院深入贯彻落实科学发展观、全面建设小康社会、扎实推进依法行政的坚定决心，必将对市县政府依法行政及地方经济社会事业的发展产生重要而深远的影响。

一、《决定》出台的背景、过程及重大意义

（一）《决定》的出台背景

伴随着我国依法行政的整体进程，市县政府在依法行政方面也取得了长足进步，行政机关依法行政的理念和意识普遍增强，一些不适应依法行政要求的工作习惯和工作方法正在逐步转变，运用法律手段处理经济社会事务的能

力不断提高。据初步统计，截至 2006 年底，90% 以上的市县政府成立了依法行政领导机构，建立了领导干部学法制度；80% 以上的市县政府在行政决策作出前、规范性文件出台前进行合法性审查；90% 以上的市县政府建立了行政执法主体资格制度和行政执法人员资格制度；60% 以上的市县政府确定由法制机构参与审核政府对外签订合同、参与本地区重大涉法事件处理。但是从总体上看，我国当前推进依法行政工作的进展还不够平衡，工作力度有自上而下逐级递减的趋势，市县政府依法行政相对还比较薄弱，整体水平不高，与建设法治政府的目标相比仍有不小差距。例如在调研中发现，80% 的信访案件发生在市县两级，因市县政府和政府部门不依法行政包括越权、失职、违反法定程序引发的信访案件占总数的 40－50% 左右，有些还引发群体性事件。具体来说，市县政府在依法行政方面存在的突出问题有：（1）依法行政还不同程度地停留在书面上、口头上，一些市县行政机关工作人员尤其是领导干部依法行政的意识有待增强。有的市县政府领导干部把依法行政看作发展经济的障碍，认为严格依法行政"束缚行政机关手脚，使行政机关什么也干不成"，把依法行政视为管老百姓的工具，"有利时就用，无利时就不用"。（2）履行职责既存在越权、错位的现象，也存在缺位的现象。有的过度干预微观经济活动，如代替企业招商引资、限制电煤出境等；有的干预群众自治权，如插手村民委员会、居民委员会自治范围内的事情，把村民委员会、居民委员会变为"下属机构"；有的干预民事活动，如在城市房屋拆迁中，往往自觉不自觉地把自己变成"拆迁人"等。对该管的事，如对扰乱市场秩序、侵犯公民合法权益等违法行为监管不严、打击不力。（3）政府决策没有普遍形成经常、规范、便捷、有效的民意沟通渠道，听取民意不多，利益平衡不够。有的地方在城市改造、行政区划调整、修路征地、企业改制、出租车管理和机动三轮车整顿中，缺乏民意沟通，没有利益博弈过程，引发大规模群体性事件。（4）一些地方和领域重复执法、交叉执法、多头执法、执法力量分散的现象仍然存在，执法趋利明显，权力与利益挂钩的现象仍普遍存在。我们在调研中发现，有些省，市县政府部门20%的支出要靠罚没收入，有的部门这一比例甚至高达40%。（5）一些市县行政机关及其工作人员依法行政的能力不强，不善于运用法律手段及时、有效解决问题和矛盾，有的甚至姑息迁就当事人的违法或者不合理要求。（6）市县政府法制工作力量不适应形势和工作的要求。据了解，有的县级政府尚未设立政府法制工作机构；县级政府法制机构力量普遍薄弱，有的只有一个人；大多数县级政府工作部门没有专门的法制工作人员。市县政府法制机构工作人员中，具有法律专业学历和法律工作背景的人员比例很低。这些问题的存在，严重妨碍了法治政府建设的进程，影响了市县政府的公信力和执行力。全面推进依法行政、建设法治政府，重点在市县，难点也在市县。

当前，我国社会主义现代化建设进入了一个新的历史时期，既面临前所未有的机遇，也显现出深层次的矛盾和问题。随着经济社会的快速发展，人民群众的民主法治意识不断增强，政治参与积极性不断提高，维护自身合法权益的要求日益强烈，这些都对政府工作尤其是市县政府依法行政提出了新的更高的要求。市县两级政府在我国政权体系中具有十分重要的地位，处在政府工作的第一线，承担着经济、政治、文化、社会等各方面的管理职责，是国家法律法规和政策的重要执行者。实际工作中，直接涉及人民群众具体利益的行政行为大多数由市县政府作出，各种社会矛盾和纠纷大多数发生在基层并需要市县政府处理和化解。市县政府能否切实做到依法行政，很大程度上决定着政府依法行政的整体水平和法治政府建设的整体进程，直接关系国家法律法规和方针政策在基层的落实，直接影响政府的形象和干群关系，事关中国特色社会主义建设事业的兴衰成败。

因此，无论是解决当前市县政府依法行政中存在的突出问题，还是适应新形势、新任务提出的新要求，都迫切需要由国务院发布一个决定，专门就加强市县政府依法行政问题作出部署和安排。

(二)《决定》的出台过程

改革开放30年来，在党中央和国务院的高度重视和正确领导下，经过各级政府及其部门坚持不懈的努力，我国依法行政取得了举世瞩目的显著进展。特别是2003年以来，国务院一直把依法行政作为一项事关全局的重要工作来抓，对推进依法行政作出了一系列重要安排和部署，每年都明确提出依法行政的年度重点工作和目标任务，推动我国依法行政不断走向深入。推进市县政府依法行政，是国务院确定的2007年推进依法行政工作的重点。《决定》的发布施行，既是推进市县政府依法行政的一个阶段性成果，同时也是今后一个时期推进市县政府依法行政的重要抓手，意义重大。

国务院法制办从2006年12月起就着手《决定》的研究起草工作。为了摸清市县政府依法行政的现状与问题，增强《决定》的针对性和可操作性，国务院法制办通过委托地方政府法制办调研、发放"基层政府依法行政现状调查问卷"、组织开展全国市县两级政府依法行政情况统计调查、赴地方进行专题调研等形式广泛了解情况。2007年7月23日至24日国务院在济南召开的全国市县政府依法行政工作会议还对此进行了专门讨论。2007年12月19日，上一届国务院第201次常务会议对我们在征求各地方、部门意见基础上形成的《国务院关于加强市县政府依法行政的意见（草案）》进行了审议。根据常务会议精神，将名称由"意见"改为"决定"，形成了《国务院关于加强市县政府依法行政的决定（草案）》（以下简称《决定（草案）》），更加注重体现党的十七大精神和有关要求，进一步强化了有关政策措施的约束力和执行力。本届国务院组成以后，国务院法制办又根据有关会议精神和新修订的《国务院工作规则》，对《决定（草案）》作了修改完善。2008年4月30日，国务院第7次常务会议讨论并原则通过了《决定（草案）》。2008年5月12日，《决定》正式发布。

《决定》从起草到发布，历时一年半，两届国务院都专门安排常务会议进行了审议，期间还开展了大量的基础调研，并先后两次征求各省、自治区、直辖市人民政府和国务院部门的意见。可以说，《决定》的出台，适应了形势发展的需要，凝聚了各方面的经验和智慧，是我国法治政府建设历程中一个重要的里程碑。

（三）《决定》出台的重大意义

一是有利于巩固党的执政基础。依靠人民、坚持代表最广大人民群众的根本利益，是我们党的立党之本、执政之基和力量之源。大力加强市县政府依法行政，从制度上规范行政权力与公民权利的关系，保障人民群众有序参与政府管理，监督行政机关依法办事，保证来自人民的权力真正为人民服务，有利于增强广大人民群众对党和政府的认同、拥护和支持，密切党和政府与人民群众的血肉联系，巩固党的执政基础。

二是有利于保障科学发展观的贯彻落实。市县政府是国家法律法规和政策的重要执行者，是地方经济社会事务的主要管理者。大力加强市县政府依法行政，把体现科学发展要求的法律制度落到基层，贯穿于政府工作的各个环节，依法决策、依法管理，有利于妥善处理眼前发展与长远发展的关系、局部利益与全局利益的关系、经济发展与社会发展的关系，实现经济社会又好又快发展。

三是有利于夯实构建社会主义和谐社会的基础。和谐社会首先应该是法治社会。和谐社会也不是没有矛盾纠纷，而是从制度上能够较好地防范矛盾纠纷发生，有了矛盾纠纷又能够得到及时、公正、圆满的解决。大力加强市县政府依法行政，平衡好各种利益关系，规范和约束行政权力，有助于从源头上预防和减少各种矛盾和纠纷的发生，及时有效地化解已经产生的矛盾和纠纷，维护社会稳定，实现社会和谐。

四是有利于加强政府自身改革和建设。当前，市县政府的改革和发展任务越来越繁重，面临的矛盾和问题越来越复杂，这要求市县政府加强自身改革和建设，全面提高行政效能，增强执行力和公信力。大力加强市县政府依法行政，进一步转变市县政府职能，有助于市县政府更好地履行宪法和法律赋予的职责，增强社会管理和公共服务的能力，提高行政管理水平，着力解决好人民群众反映强烈的问题；有助于依法规范行政行为，防止行政权力的缺失和滥用以及腐败现象的产生，促进政风的进一步好转。

二、起草《决定》的总体思路

在研究起草《决定》的过程中，主要遵循了以下总体思路：

一是加强市县政府依法行政，必须结合市县政府工作的特点，注重解决市县政府依法行政中存在的突出问题。

例如，制定规范性文件，是市县政府执行法律、法规、规章和国家政策，实施行政管理的重要方式。近些年来，基层一些行政机关违法制发"红头文件"损害人民群众权益的现象比较突出，人民群众意见很大。为切实加强对规范性文件的管理，确保规范性文件合法有效，《决定》从三个方面作出了严格规定：（1）严格规范性文件制定权限和发布程序，规定不得违法创设行政许可、行政处罚、行政强制、行政收费等行政权力，不得违法增加公民、法人或者其他组织的义务；规范性文件未经听取意见、合法性审查并经集体讨论决定的，不得发布施行，未经公布的，不得作为行政管理的依据。（2）完善规范性文件备案制度，规定市县政府及其部门发布规范性文件后，应当自发布之日起15日内报上级行政机关备案。（3）建立规范性文件定期清理制度，规定市县政府及其部门每隔2年要进行一次规范性文件清理工作，未列入继续有效的规范性文件目录的，不得作为行政管理的依据。

再如，在行政管理实践中，市县政府是整个政府体系中与基层、与社会联系最为密切的一个部分，市县政府的一举一动往往都关乎基层的公民、法人和其他组织的切身利益，正确处理政府与社会的关系这一命题的实质就是正确处理市县政府行政管理与社会自治的关系。据此，《决定》要求切实增强社会自治功能。（1）要建立政府行政管理与基层群众自治有效衔接和良性互动的机制，充分保障基层群众自我管理、自我服务、自我教育、自我监督的各项权利，严禁干预基层群众自治组织自治范围内的事情；（2）要充分发挥社会组织的作用，把社会可以自我调节和管理的职能交给社会组织，鼓励、引导社会组织有序参与社会管理和公共服务；（3）要深入开展法制宣传教育，弘扬法治精神，促进自觉学法守法用法社会氛围的形成。

二是提出加强市县政府依法行政的各项任务和措施，既要有指导性，又要有可操作性。

一方面，《决定》对当前和今后一个时期市县政府应该做到而且能够做到的工作，提出了明确要求。以行政执法为例，针对实践中执法趋利、随意执法、执法扰民等突出问题，《决定》规定：要完善行政执法经费保障机制，将市县行政执法机关履行法定职责所需经费统一纳入财政预算予以保障；要规范行政执法行为，完善行政执法程序，对行政执法环节、步骤进行具体规范，切实做到流程清楚、要求具体、期限明确；要对法律、法规、规章规定的有裁量幅度的行政处罚、行政许可条款进行梳理，并根据当地经济社会发展实际对行政裁量权予以细化或者量化，并将行政裁量标准公布、执行；要建立行政执法案卷评查制度，市县政府及其部门每年都要组织一次行政执法案卷评查；要进一步整顿行政执法队伍，严格禁止无行政执法资格的人员履行行政执法职责，对被聘用履行行政执法职责的合同工、临时工，要坚决调离行政执法岗位。另一方面，《决定》对市县政府应该做到但一时难以做到的工作，也作出相应部署，鼓励市县政府积极探索。（1）在行政执法方面，要求继续推进相对集中行政处罚权和综合行政执法试点工作，建立健全行政执法争议协调机制，从源头上解决多头执法、重复执法、执法缺位问题；（2）在行政监督方面，要求认真做好行政应诉工作，鼓励、倡导行政机关负责人出庭应诉；（3）在加强市县政府法制机构和队伍建设方面，要求把政治思想好、业务能力强、有较高法律素质的干部充实到基层行政机关领导岗位。

三是加强市县政府依法行政，既要充分发挥市县政府自身的积极性、主动性和创造性，又要强化省级政府的责任。我国行政层级领导的特点，决定了省级政府在加强市县政府依法行政中起着承上启下的重要作用。为此，《决定》不仅对市县政府依法行政规定了任务和措施，而且对省级政府组织领导、督促指导的职责也提出了明确要求。

按照上述总体思路，《决定》从充分认识加强市县政府依法行政的重要性和紧迫性、大力提高市县行政机关工作人员依法行政的意识和能力、完善市县政府行政决策机制、建立健全规范性文件监督管理制度、严格行政执法、强化对行政行为的监督、增强社会自治功能、加强组织领导等八个方面对加强市县政府依法行政作出了全面部署。从《决定》规定的各项内容看，主要体现在以下四个方面：

一是完善制度。加强市县政府依法行政，完善制度是前提。注重发挥制度的作用，着力加强促进依法行政的各项制度建设，用制度来管权、管事、管人，用制度来规范、约束和引导行政机关的行为，用制度来提高行政工作的质量和效率，努力把市县政府行政行为纳入规范化、制度化、常态化的轨道，是《决定》的一大显著特色，在《决定》的各部分内容中都有突出体现。

二是强化监督。加强市县政府依法行政，强化行政监督是关键。权力一旦失去监督，就很容易被滥用，甚至滋生腐败。多年来的实践证明，完善监督机制、拓宽监督渠道、加大监督力度，是促使行政机关工作人员严格依法行政，防止行政权力滥用，预防和制止腐败的有效途径。针对当前一些地方、部门行政权力运作不够透明，人民群众有序参与政府管理、有效进行监督的渠道不够畅通等问题，《决定》规定要从充分发挥社会监督的作用、加强行政复议和行政应诉工作、积极推进政府信息公开三方面强化对行政行为的监督。

三是严格责任。加强市县政府依法行政，严格责任追究是保障。"令在必信，法在必行"，"有法不行，与无法同"。严格责任追究，是惩戒违法行政，确保法律法规和政策全面正确实施，维护人民群众合法权益的重要保障。为此，《决定》重点从行政决策、行政执法、行政领导三个方面作出了规定。

四是树立理念。思想是行动的先导。加强市县政府依法行政，树立法治观念是根本。着眼于大力提高市县行政机关工作人员依法行政的意识和能力，培养市县行政机关公务员特别是领导干部的法律思维，牢固树立社会主义法治理念，弘扬社会主义法治精神，《决定》分别对领导干部、拟录用公务员、行政执法人员的法律知识学习、培训和考试考核提出了明确要求。

三、贯彻实施《决定》需要做好的几项工作

《决定》对加强市县政府依法行政作出了全面部署，提出了明确要求，为加强市县政府依法行政指明了方向，是指导和推进市县政府依法行政的重要的规范性文件，意义重大。为了保证《决定》得到全面、正确实施，需要抓紧做好以下几方面工作：

一是提高认识，加强领导。各地区、各部门要充分认

识新形势下加强市县政府依法行政的重要性和紧迫性，把贯彻实施《决定》作为当前和今后一个时期全面推进依法行政、加快建设法治政府的一项基础性、全局性工作摆到突出位置，抓紧落实。上级政府和政府各部门要带头依法行政，督促和支持市县政府依法行政，并为市县政府依法行政创造条件、排除障碍、解决困难。市县政府要对本行政区域内贯彻实施《决定》负总责，统一领导、协调本行政区域内依法行政工作，主要负责人要切实担负起依法行政第一责任人的责任，加强领导、狠抓落实。

二是大力宣传，搞好学习培训。要结合近年来市县政府依法行政的工作实际，对《决定》的重大意义、出台背景、确立的主要制度、提出的各项要求等作广泛深入的宣传报道，有计划、有针对性地组织开展学习培训，增强市县政府依法行政的主动性和自觉性，提高市县行政机关工作人员特别是领导干部依法行政的能力和水平，营造市县政府依法行政的良好氛围。

三是落实相关制度措施。要根据《决定》的精神和各项要求，抓紧清理和纠正当前工作中与之不符的各种文件和做法，建立健全各项具体制度，提出贯彻落实的各项具体措施，确保把加强市县政府依法行政的各项要求落实到政府工作的各个方面、各个环节。

四是加强监督，严格责任。省级政府要切实担负起加强市县政府依法行政的领导责任，加强对市县政府依法行政的工作指导和督促检查，把是否依法履行职责作为衡量市县政府及其部门工作好坏的重要标准，建立并严格执行依法行政考核制度，加快实行以行政机关主要负责人为重点的行政问责制度，对下级政府和政府部门违法行政、造成严重社会影响的，要严肃追究该政府或者政府部门主要负责人的责任。

第二章 大力提高市县行政机关工作人员依法行政的意识和能力

一、本章规定的背景和主要内容

（一）背景

市县行政机关工作人员是行政行为的主要实施者，其依法行政能力的高低、强弱，直接关乎依法行政水平、关乎人民群众的切身利益、关乎行政机关的形象。近年来，随着我国依法行政进程的推进，市县行政机关工作人员依法行政的意识和能力不断增强。越来越多的行政机关工作人员认识到，依法行政不是一个可有可无的口号，而是中国经济社会发展的必然选择，是每一个行政机关工作人员必须自觉践行的行为准则，依法行政正在从一种外在要求向内在追求转变。① 不少市县行政机关建立了学法用法制度；行政机关工作人员遇到矛盾和问题，越来越重视依法解决。同时，也必须清醒地认识到，市县行政机关工作人

---

① 郭法：《向法治政府前进》，《法制日报》2007 年 8 月 31 日，第 1 版。

员依法行政的意识和能力与建设法治政府的要求相比，还有很大差距：

——一些行政机关工作人员依法行政意识淡薄，以言代法、以权代法的现象还在一定程度上存在。例如，在2008年初发生的"辽宁西丰事件"中，西丰县有的领导认为，《法制日报》下属某杂志刊发的有关西丰县商人赵某遭遇官司的文章失实，记者涉嫌"诽谤罪"。该县县委书记同意县公安局立案并进京拘传记者，造成了恶劣的社会影响。

——一些行政机关工作人员依法办事的能力不强、水平不高，不作为、乱作为，侵犯人民群众合法权益的事件时有发生。比较突出的有以下几种行为：一是制定的文件或者决策不合法，违法增加公民、法人和其他组织的义务，或者违法给予公民、法人和其他组织"零检查"、"零收费"等各种优惠。二是滥用职权的行为。三是不作为。

目前，我国依法行政的动力机制正在从政府推动向政府推动与人民群众互动转变。2007年底以来发生的陕西绥德职中校长遭停职拘留、陕西华南虎虎照、辽宁西丰警察进京拘传记者等事件都表明，全社会对依法行政的关注度不断提升，依法行政的舆论氛围正在形成并逐步强化。随着人民群众法律意识的提升，依法行政不再仅仅是上级政府对下级政府的要求，而成为整个社会对各级政府的要求，行政机关工作人员必须正视并顺应这种新形势、新变化。

（二）主要内容

为进一步提高市县行政机关工作人员依法行政的意识和能力，《决定》着眼于建立长效机制，从完善制度入手，主要规定了三方面的内容：一是，健全并推行领导干部学法制度，加强对领导干部任职前的法律知识考查和测试；二是，加大公务员录用考试法律知识测查力度；三是，强化对行政执法人员的培训。

一般来说，依法行政能力可以分为三个层次：一是依法履责的基本知识；二是依法行政意识；三是依法行政所必需的法律思维。提高市县行政机关工作人员依法行政能力，应当着力培育这三方面的能力。

1. 加强行政机关工作人员法律知识培训。掌握必要的法律知识是依法行政的前提。行政机关工作人员要掌握宪法及相关法律、规范政府共同行为的法律法规以及所从事工作所依据的法律法规。

2. 强化行政机关工作人员的依法行政意识。依法行政意识主要包括：

——权力本原意识。行政权力来源于人民的委托，其行使的目的在于服务人民。依法行政首先是依法治官、依法治权，本质是依法规范和约束行政权力。行政机关工作人员只有牢固树立权力本原意识，才能摆正自己和人民群众的关系，才能真正做到依法行政。这些年来，行政机关工作人员的权力本原意识在一定程度上得到了加强，但有的认识还不够深刻，有的认识还比较片面。强化权力本原意识，必须彻底转变一些行政机关工作人员仍然把依法行

16

政作为管理甚至"对付"民众工具的认识，牢固树立公仆意识、服务意识。

——合法行政意识。合法行政是依法行政最基本的要求，是指实施行政行为，应当依照法律、法规、规章的规定进行；没有法律、法规、规章的规定，不得作出影响公民、法人和其他组织合法权益或者增加公民、法人和其他组织义务的决定。

——合理行政意识。合理行政，要求行政权力应当客观、适度、符合理性，这一原则体现了依法行政原则的更高层次的要求。合理行政原则的具体要求：一是实施行政行为，应当遵循公平、公正原则，平等对待行政相对人，不偏私、不歧视。二是行使行政裁量权应当符合法律目的。考虑到社会生活的纷繁复杂，法律对行政权力的行使不可能都作出详尽的规定，在某些情况下会授予行政机关一定的自由裁量权。行政机关行使自由裁量权，必须正确理解法律的意图和精神实质，采取的手段和措施应当必要、适当。比如，行使行政处罚裁量权，就要考虑处罚的重要功能是教育违法当事人遵守法律，而不能为处罚而处罚、可罚可不罚的必罚、能多罚的多罚。三是可以采用多种方式实现行政目的的，应当避免采用损害当事人权益的方式。

——程序意识。实体正义的实现，离不开程序的保障。行政权力没有程序约束，或者脱离了既定的轨道，就会肆意妄为。程序意识的具体要求：一是实施行政行为，除涉及国家秘密和依法受到保护的商业秘密、个人隐私的外，应当公开，注意听取公民、法人和其他组织的意见。二是要严格遵循法定程序，依法保障行政管理相对人、利害关系人的知情权、参与权和救济权。三是行政机关工作人员履行职责，与行政管理相对人存在利害关系时，应当回避。

——诚实守信意识。政府诚信是社会诚信的基础。具体要求：一是行政机关公布的信息应当全面、准确、真实。二是非因法定事由并经法定程序，行政机关不得撤销、变更已经生效的行政决定；因国家利益、公共利益或者其他法定事由需要撤回或者变更行政决定的，应当依照法定权限和程序进行，并对行政管理相对人因此受到的财产损失依法予以补偿。

——责任意识。权责一致是现代民主政治的基本理念，是法治政府的第一要义。具体要求：一是行政机关依法履行经济、社会和文化事务管理职责，要由法律、法规赋予其相应的执法手段。二是行政机关违法或者不当行使职权，应当依法承担法律责任，实现权力和责任的统一。

3. 培养行政机关工作人员的法律思维。对于行政机关工作人员特别是领导干部而言，能否依法行政，不仅要具备必要的法律知识、较强的依法行政意识，更重要的是要具备一定的法律思维方法，即是否按照法律的逻辑来观察、分析和解决问题。那么，什么是法律思维呢？有学者认为，与政治思维方式、经济思维方式和道德思维方式相比，法律思维方式具有诸多特殊之处，其中至少有六个方面的至为重要的区别：一是以权利义务为分析线索。一切法律问题，说到底都是权利义务问题，因而，法律思维的实质就是从权利与义务这个特定的角度来分析、解决问题。二是普遍性优于特殊性。法律规则中所规定的关系模式具有普遍性，而运用法律所要解决的具体问题则具有特殊性。法治的理想在于用普遍的规则来治理社会，因此，对普遍性的考虑是第一位的，对特殊性的考虑是第二位的。三是合法性优于客观性。这不意味着法律活动不尊重事实的客观性，而仅仅意味着：面对不能查明的事实必须得出法律结论，即使是已查明的事实，但由于被证明规则所排斥，也应遵循证据规则。四是程序问题优于实体问题。程序正义是制度正义最关键的因素，也是保障个案实体正义最有力的制度性条件。法治原则要求人们必须通过合法的程序来获得个案处理的实体合法结果。五是理由优于结论。法律思维的任务不仅是获得处理法律问题的结论，更重要的是提供一个能够支持所获结论的理由。六是形式合理性优于实质合理性。[①]

二、健全领导干部学法、任职前考试和测评制度

实践表明，领导干部特别是主要领导依法行政能力的高低直接影响一个地区依法行政的水平。这些年来，

---

① 郑成良：《法治理念与法律思维》，《吉林大学社会科学学报》2000 年第 4 期。

各地方、各部门按照普法工作、干部培训工作的要求，采取了一系列针对领导干部进行法制教育和任职前考试的措施，积累了一定的经验。例如，2008 年 6 月，安徽省出台了《进一步加强全省领导干部学法用法工作的意见》。该意见对各级领导干部学法时间进行了量化，规定各级党委理论学习中心组每年专题学习法律不少于 2 次 8 小时，党政部门及社会团体、企事业单位每年举办法制讲座不少于 2 次，各级党校、行政学院把法制教育纳入培训规划和教学计划，领导干部每年自学法律知识不少于 40 小时。在总结实践经验的基础上，《决定》作出了以下规定：

（一）健全领导干部学法制度

1. 政府常务会议学法制度。政府常务会议是政府领导班子集体研究讨论和决策重大事项的重要形式。通过政府常务会议学法，可以使领导干部及时了解最新的法律规定，重点掌握政府决策中直接涉及的法律知识，保障领导干部学法制度化、经常化。建立政府常务会议学法制度，应当明确以下内容：一是学法的次数。要对政府常务会议学法的次数、频率作出规定。有条件的，可规定每次常务会议召开时都拿出一定时间学习。也可以针对常委会议的内容，灵活掌握学习的次数。二是学习的内容。主要有：依法行政的基本理论；规范政府行为的法律、法规、规章和有关规范性文件；与工作密切相关的法律、法规和规章；保密、廉政、防止职务犯罪方面的法律、法规和相关政策；新颁布实施的法律、法规和规章。三是学习的时间。常务会议学法的时间可长可短，根据本地实际确定。一般情况下，可以利用常务会议研究正式议题之前十五分钟或半个小时，由法制机构的同志，或者邀请法学专家，对新颁布的法律法规的主要精神和制度作一些介绍；也可以对会议研究议题涉及的有关法律问题进行讲解；还可以就国家重大政策涉及的法律问题，或者本地经济社会发展中一些社会热点、难点问题涉及的法律问题进行介绍。比如，2005年7月，河北省石家庄市政府第36次常务会讨论通过了《石家庄市人民政府领导干部学法制度》，确定每次召开常务会议前，利用半小时时间，由法律专家提示性讲解一部法律。三年多来，该市一直坚持政府常务会议学法制度，收到了很好的效果。

2. 专题法制讲座制度。专题法制讲座，通常是政府或部门领导班子集体就新出台的法律、法规进行专门学习。专题法制讲座制度，应当明确以下内容：一是讲座次数和时间。专题法制讲座每年应当安排两次以上，每次时间不应低于两小时。二是组织机关。一般由法制机构或司法行政部门在年初对当年专题法制讲座制定计划方案，确定讲座内容，邀请讲座老师，落实具体地点和参加人数。三是参加人员范围。专题法制讲座一般有两种形式，一种是政府领导成员和部门领导成员参加的专题学习；一种是扩大到政府和部门中层领导干部。市县政府及其部门应当按照专题法制讲座制度的要求，认真制定领导干部年度法制讲座计划，严格组织实施。

3. 集中培训制度。集中培训制度是将领导干部相对集中一段时间脱产学习法律知识的一种形式。这种形式相比常务会议学法、专题讲座等形式更加系统、更加深入。建立集中培训制度应当明确以下主要内容：一是集中培训的周期和时间。由于市县领导干部工作繁忙，集中培训的周期和频率不能太长。一般掌握在每两至三年，每位领导干部至少要参加一次集中培训。每次时间应当在一周以内。二是学习的内容。应当包括国家重要法律制度；依法行政的基本理论；规范政府行为的法律、法规、规章和有关规范性文件；与工作密切相关的法律、法规和规章；保密、廉政、防止职务犯罪方面的法律、法规和相关政策；新颁布实施的法律、法规和规章。三是学习和方式。可以采用专题讲座、案例教学、专题讨论等多种方式。四是要按照国家有关干部教育培训规划的要求，把法制培训和其他各种干部教育培训衔接起来，在干部教育培训的内容中增加法制内容，促进领导干部法制教育经常化。需要强调的是，要特别安排好正职领导干部的法制培训，不能让正职领导干部成为培训的"死角"。

（二）加强对领导干部任职前的法律知识考查和测试

领导干部学法效果、用法情况如何，必须通过考核来检验，其中任职前的考查和测试是一个关键环节。为此，要逐步把领导干部任职前的法律知识考查和测试制度化。这一制度的主要内容包括：一是需要明确参加法律知识考查和测试的拟任职领导干部的范围。市县政府及其部门凡拟提拔任命科级以上领导干部，都要进行法律知识考查和测试。二是法律知识考查和测试的内容。

主要是法律基本常识、依法行政基本知识的掌握情况，本人在依法行政方面的情况，对拟任用岗位涉及的重要法律制度的熟悉情况等。三是考查和测试的方式。考查和测试可以采用调查、测评的方式，也可以采用开卷考试、闭卷考试的形式，还可以采用问卷调查的方式。四是考查和测试结果的使用。必须把考查和测试结果作为是否任职的重要依据，对考查和测试结果不合格的，坚决不得任职或者暂缓任职。只有这样，才能使有关制度取得实效。

（三）公务员录用法律知识考试制度

公务员录用工作主管部门要将法律知识作为录用公务员考试的重要内容，并适当增加法律知识在相关考试科目中的比重，把好公务员队伍的进口，从源头上保证公务员具备必要的法律知识。建立公务员录用法律知识考试制度应当明确以下主要内容：一是范围。必须确保所有的进入行政机关的公务员都进行法律知识考试，包括录用的和调入的。二是考试形式。目前主要是全国统一考试和地方统一考试以及行政部门统一考试。法律知识作为公务员综合知识考试的一部分，占一定分值。条件成熟时，可以把法律知识考试作为单独的一份试卷。三是考试的内容。公务员录用法律知识，主要应当包括我国的基本法律制度、宪法和行政法的基本理论、行政法律制度的主要规定、规范政府共同行为的法律知识如行政处罚法、行政许可法、行政诉讼法、行政复议法、国家赔偿法等法律的基本内容。四是考试的题型。除掌握基本法律知识外，还要考查运用法律知识处理问题的思维能力、分析能力和逻辑能力。试题应当包括选择、判断、案例分析、论述等。

考虑到对拟从事行政执法、政府法制工作的公务员的法律知识、法律素养的要求更高，《决定》规定还要把有关法律知识作为专门的考试内容，真正把具有较高法律素质的人员选拔到岗位上来。这里的专门考试，是指在公务员考试过关后，还要由录用单位进行单独的法律考试，主要考查对本单位行政执法或政府法制工作的业务法律知识。考题更加侧重实务问题。对行政执法人员的考试，还要与行政执法人员资格制度结合起来，把好录用关。

（四）行政执法人员培训制度

行政执法人员，是指直接履行行政许可、行政处罚、行政强制等执法职责的行政机关工作人员。行政执法人员处在执法第一线，他们的依法行政水平，直接关系行政管理目标的实现，也在很大程度上决定着政府和人民群众的关系。为此，市县政府及其部门要定期组织对行政执法人员进行依法行政培训，使他们能够熟练掌握行政执法所依据的法律法规。行政执法人员培训制度应当包括以下内容：一是组织培训机构。行政执法人员培训由本机关、行政执法资格证发放管理机构、上级领导机关组织。二是培训对象。所有行政执法人员都应当接受法制培训。三是培训内容。以行政执法所依据的法律、法规、规章为主，同时兼顾国家有关依法治国、依法行政方面的政策文件。四是培训时间。行政执法人员每年都要接受一定时间的法制培训。五是培训考核。要把培训情况、学习成绩作为考核内容和任职晋升的依据之一，并把培训考核结果与行政执法资格证管理有机结合起来。

第三章 完善市县政府行政
决策机制

党的十七大报告指出：要"推进决策科学化、民主化，完善决策信息和智力支持系统，增强决策透明度和公众参与度，制定与群众利益密切相关的法律法规和公共政策原则上要公开听取意见"。"要坚持用制度管权、管事、管人，建立健全决策权、执行权、监督权既相互制约又相互协调的权力结构和运行机制"。这为建立健全市县政府依法行政决策机制指明了方向，提出了新的要求。

一、行政决策的概念、特征和范围

决策是人们就需要解决的问题所作的行为设计和抉择过程。行政决策是决策的一种，是行政机关及其工作人员在处理国家行政事务时，为了达到预定的目标，对所要解决的问题或处理的事务拟定和选择行动方案，并作出决定的过程。

根据这一表述，行政机关对其职责范围内的所有行政管理事项作出决定，都属于行政决策。而《决定》规定的行政决策，专指对涉及一定范围内不特定人的行政管理事项作出具有普遍约束力决定的行为，不包括针对特定行为

26

作出的只对特定对象具有"一次性"约束力的具体决定，例如行政处罚、行政许可、行政强制等。

《决定》规定的重大行政决策，是在市县政府的行政区域内就决策的重要性和影响范围而言的，即除了法律、法规、规章作出明确规定的重大决策事项以外，事关市县政府行政区域内经济社会发展全局的事项都属于重大行政决策的范围。重大行政决策主要有以下几方面特点：一是行政决策具有明显的公共性。公共性是行政决策的首要目标和根本特征，主要表现在决策主体是具有公共行政权力的国家行政机关或经法律授权的其他社会组织及其工作人员，决策的对象是本辖区重要的社会公共事务，并以维护社会公共利益作为决策的目标。二是决策客体具有广泛性。由于行政管理的范围和内容极其广泛，行政决策的内容也非常广泛，包括国家的政治、经济、文化教育以及社会生活各个方面的重大事务。三是既定行政决策的权威性和执行的强制性。行政决策体现的是国家意志，以国家权力为后盾，不仅对行政组织成员，而且对各级行政组织管辖范围内的企业、事业单位、社会团体和个人都有约束力，表现出行政决策的一定的权威性和强制性。

重大行政决策是就行政决策在一定行政区域内的重要性和影响大小来说的。考虑到不同层级政府和政府部门的重大决策事项的不同，《决定》未对重大决策作出界定。一般来说，可以根据以下几个标准确定决策事项在特定区域范围内是否属于重大行政决策：一是涉及的利害关系人范围。如果一项决策影响到决策机关所辖区域内的所有人群

27

或者数量众多的公民、法人和其他组织的利益，就应当属于重大决策。二是决策实施的结果。如果决策的实施对国家或者特定地区将造成大范围、长期或者永久性影响，一旦决策不当，产生的不利影响将难以消除的，应当属于重大决策。三是决策实施的成本。根据决策机关的行政层级的不同，如果决策实施的成本达到一定的较大数额，应当属于重大决策。

根据上述标准，结合我国现行有关重大行政决策范围的规定，重大行政决策范围主要包括：（1）提出法律、地方性法规草案，制定行政法规、规章以及涉及群众利益或者对社会公共利益有重大影响的规范性文件。（2）贯彻落实党中央、国务院、上级行政机关、本级党委重要指示、决定的实施意见和措施。（3）需要报告国务院、上级行政机关、本级党委或者本级人大及其常委会审议的重大决定事项。（4）制定经济社会发展的重大战略、中长期规划、年度计划。（5）年度财政收支预决算方案、重大财政资金安排。（6）决定政府重大投资项目和国有资产处置的重大事项。（7）制定城乡规划、土地利用规划、自然资源开发利用规划、生态环境保护规划的专项规划。（8）产业政策、区域布局的制定和调整。（9）突发事件应急预案、重大突发事件应急处置措施的采取。（10）土地管理、交通管理、劳动就业、社会保障、科技教育、文化卫生等方面的重大措施。（11）其他涉及基础性、战略性、全局性的重大决策事项。重大行政决策具有一定的区域性，需要市县人民政府根据以上几个方面，结合本地实际作出明确规定。

二、完善市县政府行政决策机制的背景和必要性

（一）完善市县政府行政决策机制的背景

市县两级政府是我国政权体系中的基础部分，处在政府工作的第一线，承担着经济、政治、文化、社会等各方面的管理职责，直接面对广大人民群众和各种利益关系、社会矛盾。行政决策是市县政府管理本地经济社会事务的重要方式，《决定》所指的市县政府行政决策，主要是为执行国家的方针政策、法律法规等，而根据本地区的实际情况制定具有普遍约束力的规则、办法、决议。

历史经验表明，决策失误是最大的失误，往往造成不可挽回的国家财产损失，严重影响当地正常的生产生活秩序和群众合法权益，甚至可能贻误地方经济发展的机遇。因此，只有把市县政府的行政决策，尤其是重大行政决策纳入规范化、制度化、法律化轨道，坚持依法、科学、民主决策，确保行政决策的正确性，才能"自下而上"地夯实基层政权这个法治政府建设的基础。

《纲要》提出了建设法治政府的目标，将科学化、民主化、规范化的行政决策机制和制度基本形成确立为法治政府基本标志之一，明确规定"实行依法决策、科学决策、民主决策"。近年来，各地区各部门不断探索科学决策、民主决策的新机制，一些市县政府出台了规范行政决策的专门规定，明确了行政决策的基本程序和规则，建立了重大决策事项听取意见制度、听证制度、集体决策制度、专家

咨询论证制度、合法性审查制度等。这些制度对完善行政决策机制，保证市县政府决策的科学性、民主性，减少决策失误，发挥了重要作用。

但是实践中，市县政府的行政决策机制和制度还不够健全，主要表现为：一是决策体制还不够完善，政府与部门之间、部门与部门之间、上下级行政机关之间的决策权限界定不清，有些部门集决策权、执行权、监督权于一身，相互之间的协调和监督不够。二是决策制度整体上来说还不够规范、健全，相当一部分市县政府还没有建立健全行政决策制度。三是有的市县政府领导干部科学民主决策的意识不够，把行政决策制度当作依法行政的"面子工程"，制度出台之后实际上就被束之高阁或者用来应付上级机关，决策权实际上还是集中在领导班子的主要负责人手里。四是有的市县政府出台的行政决策规定往往过于原则、可操作性不强、科学性不足，实践中对决策者的刚性约束不够，随意决策、"拍脑瓜决策"的现象还比较普遍。五是有的决策者把决策看作是行政机关的工作，不注重或者不真心实意地在决策过程中听取公众和专家的意见，即使搞专家论证或者听证也只愿意听取、采纳符合预设目标的意见，难以保证决策的科学性、民主性。六是决策后的评估和责任追究机制不健全，缺乏衡量决策实施效果的客观标准、机制和明确的追究责任法律要件，既无法及时发现并有效纠正决策失误，也无法对负有领导责任和直接责任的人员问责，一定程度上消减了决策制度的效力。

党的十七大报告明确了加强决策科学化、民主化建设的新任务、新要求，提出要"推进决策科学化、民主化，完善决策信息和智力支持系统，增强决策透明度和公众参与度，制定与群众利益密切相关的法律法规和公共政策原则上要公开听取意见"。为贯彻落实十七大精神，针对市县政府行政决策的实际情况，《决定》结合市县政府重大行政决策的特点，规定了完善重大行政决策听取意见等六项基本制度。

(二) 完善市县政府行政决策机制的必要性

贯彻落实党的十七大精神，切实解决我国市县政府行政决策实践中的突出问题，不断提高市县政府行政决策水平，扎实推进市县政府依法行政进程，迫切要求完善市县政府依法行政决策机制。

一是完善市县政府重大行政决策机制是推进行政决策科学化、民主化的客观要求。决策科学化要求充分利用现代科学技术和知识方法，依照科学合理的决策程序进行决策。决策民主化要求保障广大群众充分参与决策过程，确保决策符合人民群众的根本利益。为了符合决策科学化、民主化的要求，市县政府应当把更多的精力和时间放到决策之前的调查研究、听取民意上。但是实践中，决策过程中"拍脑袋决策"，决策执行上"拍胸脯保证"，决策失误时"拍屁股走人"的现象还没有从根本上消除。同时，不科学、不合理的决策"倒置"现象还比较普遍，政府本应该拿出90％的时间作调研、抓落实，10％的时间作决策，但是现在往往是90％的时间在作决策，只有10％的时间搞调研、抓落实。这在一定程度上反映出，广大市县领导干部的科学民主决策观念还没有牢固树立，科学民主决策还没有转化为一些市县领导干部的自觉行动。法律制度具有客观性、普遍性、可预测性、强制性等特征，《决定》对行政决策特别是重大行政决策的关键环节作出了制度性安排，将市县政府的重大行政决策行为纳入规范化、制度化、法律化轨道，从而在制度层面进一步完善了市县政府重大行政决策机制，加强了对市县政府决策者的刚性约束，有助于减少市县政府决策行为的随意性，保证市县政府行政决策的科学性、民主性。

二是完善市县政府重大行政决策机制是推进市县行政机关依法行政进程，夯实法治政府建设基础的必然要求。科学化、民主化、规范化的行政决策机制和制度基本形成，是《纲要》确定的全面推进依法行政、建设法治政府的目标。市县两级政府是我国政权体系中的基础部分，能否按照《纲要》有关建设法治政府的要求，加强自身建设，切实提高依法行政水平，一定意义上决定着推进依法行政的实际进程，同时也关系着法治政府建设的宏伟目标能否实现。行政决策是市县政府管理本地经济社会事务的重要方式，一般来说，市县政府的重大行政决策事项在本行政区域内社会涉及面宽、影响范围大，容易引起本地区人民群众的普遍关注。这一特点，既是促使市县政府做好行政决策、服务于本地区经济社会发展的动力，也是监督市县政府依法作出行政决策的压力。因此，《决定》将市县政府的重大行政决策行为纳入规范化、制度化、法律化轨道，以科学合理的决策程序有效规范市县政府的重大行政决策行为，从而能够在最大程度上确保市县政府作出正确决策，防止决策失误带来的损失和浪费，减少行政权力的滥用与腐败现象的发生，切实提高市县政府的依法行政水平，从而在基层政权这个层次为实现建设法治政府的目标夯实基础。

三是完善市县政府重大行政决策机制是发展社会主义民主政治的重要任务。党的十七大报告指出："社会主义民主政治不断发展、依法治国基本方略扎实贯彻，同时民主法制建设与扩大人民民主和经济社会发展的要求还不完全适应。"与此相适应，政治体制改革必须随着经济社会发展而不断深化，与人民政治参与积极性不断提高相适应。市县政府的重大行政决策事项关系着本地区经济社会发展全局，同时也是当地社会关注的焦点，人民群众有参与的要求和积极性。但是在行政决策实践中，经常、规范、便捷、有效的民意沟通渠道还没有普遍形成，一些市县行政机关在决策过程中听取民意不够，在决策涉及的多元化利益平衡上水平不高、下的功夫不够，与在行政决策领域发展社会主义民主政治的要求还很不适应。《决定》从完善重大行政决策机制入手，规定了听取意见制度和听证制度，要求市县政府就制定适用于本地区的公共政策等重大决策事项充分听取群众意见，可以密切市县政府与基层群众的联系，加强市县政府在行政管理过程中与相对人和群众的互动性，最广泛地动员和组织群众依法参与国家和社会事务管理，扩大公众参与的深度和范围，提高公众参与的积极性和实效性，才能广泛集中民智做好政府管理工作，使政府管理工作深入反映民意，扎实推进有序政治参与，发展社会主义民主政治。

四是完善市县政府重大行政决策机制是深入贯彻落实科学发展观的迫切需要。当前改革发展进入新阶段，经济社会发展的复杂性和艰巨性大大提高。党针对国内外经济社会发展形势，提出科学发展观作为指导改革发展全局的科学理论，迫切需要将这一科学理论贯穿于各级政府工作的各个领域、各个环节，依法决策、依法管理，保障经济社会又好又快发展，确保顺利完成新时期新阶段的改革发展任务。从政府法制建设的角度来说，迫切需要将科学发展观的精神实质、基本要求和科学内涵制度化为各级政府，特别是作为基层政权的市县政府必须遵守的行为规则并确保其实施，转化为市县政府决策者的自觉行动，才能使科学发展观落到实处，成为指导全体党员和政府工作人员搞建设、谋发展的行为准则，从而为人民群众参与并监督政府工作、参与并享受改革发展成果提供坚实的制度保障。

三、完善重大行政决策听取意见制度

听取意见制度是现代行政程序法制的基本制度。重大行政决策听取意见制度，是指行政机关在作出涉及公民、法人和其他组织权利义务的重大行政决策前，通过座谈会、论证会、听证会等各种形式听取社会公众意见。

市县政府具有贴近基层群众的天然便利条件，应当充分发挥这一优势，在政府管理工作中充分听取群众意见，切实提高重大行政决策的科学性、民主性。近年来，我国市县政府在就政府决策公开征求意见的制度建设方面取得了明显的成效。据统计，70%以上的市县政府已经建立了行政决策的听取意见制度。但是，一些市县行政机关领导干部和工作人员在实际决策过程中听取群众意见还很不够，主要表现为：有的市县在城市改造、修路征地、企业改制、城市出租车管理等涉及公共利益或者群众切身利益的重大决策过程中不听取群众意见，在利益问题上没有体现对各有关群体、行业的适当平衡，影响了政府决策的公信力；有的虽然建立了日常性的民意沟通渠道，但是在运作上没有很好地与重大行政决策机制结合起来；有的在是否听取群众意见上随意性较大，仍然习惯于把社会公众作为决策结果的被动接受者而不是积极参与者；还有的在是否采纳群众意见上倾向性较强，即使举行听证会、座谈会、论证会，也只是走走过场，往往还是执意于预定的决策方案。为了切实解决这些问题，提高市县政府重大行政决策的社会认同度，增强行政决策过程的透明度和公众参与度，保障市县政府重大行政决策的科学性、民主性，有必要将听取意见制度确立为市县政府重大行政决策机制的基本制度，有效规范市县政府就重大行政决策听取意见的行为。为此，《决定》将其确立为市县政府及其部门重大行政决策制度的基本环节，明确提出了制度建设要求、技术性要求、制度实效要求、范围要求、除外规定等五方面的具体要求。

（一）关于市县政府及其部门建立健全公众参与重大行政决策的规则和程序的制度建设要求

目前，在国家法律法规层面还没有关于市县政府重大

35

行政决策听取意见的统一规则和程序，许多市县政府通过制定工作规则或者出台有关重大行政决策方面的专门规定，初步建立了重大行政决策听取意见制度，包括组织专家对决策方案进行可行性论证，以及对决策事项向社会公开征求意见等。针对现阶段实际情况，为加强该领域的制度建设，《决定》明确要求市县政府及其部门建立健全有关公众参与重大行政决策的规则和程序，主要包含三个要点：一是关于制度建设主体，实践中许多市县政府已经建立了决策听取意见制度，除了对市县政府提出建立健全该制度的要求以外，《决定》对市县政府的工作部门也提出了明确要求。二是关于公众的范围，根据《纲要》关于"建立健全公众参与、专家论证和政府决定相结合的行政决策机制"的规定，这里的公众不限于一般社会公众，还应当包括有关领域的专家，基于一般社会公众和专家参与决策过程的不同特征，有关规则和程序应当有所不同。三是关于听取意见的基本规则和程序，《决定》没有作出明确规定，市县政府及其部门有比较充分的探索空间。根据有关法律、法规、规章的规定以及行政程序法一般理论，结合本地区的实际情况，借鉴该领域制度建设和实践发展的国内先进地区经验和做法，同时参考国外有关听取意见制度的成熟经验，一般的决策听取意见规则和程序主要包括听取意见事项的确定、决策事项及其有关材料的提前公开、专家或者一般公众通过规定形式提出或者表达意见、公众意见的汇总分类和公布、对决策意见进行研究提出处理意见并按规定程序报批、对公众反馈意见采纳情况并说明理由等环节。

（二）关于完善行政决策信息和智力支持系统的技术性要求

为了适应新时期新形势对政府决策工作的新要求，党的十七大明确提出完善决策信息和智力支持系统。这实际上是要求我们走出过去的经验决策的老路子，走向真正的科学决策。据此，《决定》规定"完善行政决策信息和智力支持系统，增强行政决策透明度和公众参与度"。

1. 完善行政决策信息支持系统。掌握全面、充分而准确的信息，是正确决策的前提条件。市县政府及其部门应当从以下三个方面完善行政决策信息支持系统：一是加强政府信息系统建设，配备先进的信息分析设备和工具，兴建政府信息中心、信息库和信息网，发挥政府专门信息机构和社会信息机构在决策信息工作中的作用；二是在有关决策制度中明确信息工作的内容和要求，即应当全面收集与判断决策事项的必要性、可行性、合法性等相关的必要信息，所收集的信息应当符合真实性、及时性、适用性、系统性等要求，既应有支持备选方案的信息，也应有不支持备选方案的信息与分析结论；三是引入科学的信息处理方法对所取得的信息进行分析，最终形成客观的决策信息分析报告作为决策参考。

2. 完善行政决策智力支持系统。行政决策智力支持系统主要体现为专家咨询论证，是科学民主决策制度的重要组成部分。市县政府及其部门应当从以下几个方面完善行政决策智力支持系统：一是建立决策咨询论证机构，该机构由各领域的专家学者组成，应当保证一定比例的科研机构和社会咨询服务机构的外部专家。二是完善决策咨询论证的保障机制，包括保障咨询机构或者人员取得充分的信息、保障其独立开展咨询研究工作、保障其获得公平合理的咨询服务报酬等。三是完善决策咨询论证专家的遴选、管理、绩效考核和问责制度，确保业务最优秀、责任心最强的专业人才进入决策咨询团队。四是强化决策咨询论证制度的约束力，规定重大行政决策事项非经咨询论证不得纳入决策议程，行政首长不得签发有关文件或者命令。

（三）关于增强行政决策透明度和公众参与度的制度实效要求

《决定》根据党的十七大的要求，将增强行政决策透明度和公众参与度，明确为市县政府及其部门完善重大行政决策听取意见制度的制度实效要求。这一要求主要体现为以下两个方面：

1. 增强行政决策的透明度。党的十七大指出，确保权力正确行使，必须让权力在阳光下运行。行政决策透明度强调的是，行政机关的重大行政决策行为要以群众能够"看得见的方式"行使。增强行政决策透明度的要求，主要体现为从以下五个方面充分公开行政决策过程：一是决策依据要公开；二是决策程序和规则要公开；三是决策事项的有关信息要公开；四是公众参与决策过程的有关信息要公开；五是最终决策对公众意见的采纳情况及其理由要公开。

2. 增强行政决策的公众参与度。行政决策的公众参与度强调的是公众对行政决策过程参与的广度和深度。从广度上来说，市县政府及其部门应当尽量扩大公开听取意见的事项范围，凡是法律、法规、规章规定属于重大决策的事项，以及涉及本地区重大公共利益和群众切身利益的决策事项，都应当吸收公众参与决策过程。从深度上来说，不能仅在决策备选方案形成甚至已经有预定方案以后，才开门征求意见，在决策事项或者计划的确定、决策前的调查研究、决策备选方案的准备阶段、决策听证阶段、决策后的跟踪反馈和评估阶段等，都要尽量吸收社会公众参加，确保决策深入反映民意，广泛集中民智。

（四）关于制定与群众切身利益密切相关的公共政策要向社会公开征求意见的范围要求

目前，国家法律法规并没有对市县政府听取意见的决策事项范围作出统一规定。许多市县政府出台的重大行政决策规定在明确重大行政决策事项范围的同时，一般将公开听取意见的事项范围界定为"社会涉及面广、与群众利益密切相关的事项"。考虑到各地区的经济社会发展情况不同，《决定》没有规定具体的听取意见事项范围，而只是作了原则性规定，即"制定与群众利益密切相关的公共政策，要向社会公开听取意见。"对该规定应当从以下两个方面把握：

一是"与群众利益密切相关"是对听取意见决策事项的定性要求。"与群众利益密切相关"并不是一个严格的法律术语，我国现行法律法规中也没有对其外延作出明确规定，主要是指与本地区人民群众生产、生活密切相关或者与人民群众已经享有的合法权益密切相关的事项，例如教育、医疗卫生、计划生育、供水、供电、供气、供热、环保、公共交通等领域的决策事项。

二是"公共政策"是对决策事项听取意见范围的客体形式要求。市县政府是国家法律法规和政策的重要执行者，是地方经济社会事务的主要管理者。我国各地区经济社会发展不平衡，从履行管理职责的方式来说，市县政府无论是执行国家法律法规或者政策，还是对地方经济社会事务进行管理，很多情况下都要通过制定适用于本地区的公共政策来实现。市县政府制定公共政策往往表现为出台规范性文件、制定有关公用事业或者公共服务价格等抽象行政行为，具有对不特定对象反复适用的效力，有必要将其纳入听取意见的决策事项范围，以使相关政策取得较高的社会认同度，从而有利于政策出台后的贯彻落实。

（五）关于突发事件应对适用有关法律法规规章的除外规定

行政管理的范围涉及经济社会的方方面面，重大行政决策的基本价值目标也应当是多元的，有的注重效率，有的注重公平，有的则注重国家安全，相应的要求行政决策程序的设置与具体的决策事项性质相适应。突发事件具有突发性、紧急性、社会性，难以适用常态下的行政决策程序。因此，《决定》将其作为例外规定，市县政府应当依照《中华人民共和国突发事件应对法》等有关法律、法规、规章的有关规定作出相关决策。

（六）贯彻落实《决定》规定需要采取的措施

为使《决定》关于重大行政决策听取意见制度的规定

40

落到实处，有关行政机关应当采取以下贯彻落实的具体措施：一是市县政府及其部门已经规定重大行政决策听取意见的规则和程序的，应当对其加以完善；尚未建立相关规则和程序的，应当抓紧出台专门办法或者在工作规则中加以规定。二是市县政府及其部门应当根据法定权限，明确本行政机关的重大行政决策事项范围和应当听取意见的具体事项范围并向社会公布。三是市县政府及其部门应当完善行政决策的信息支持系统，包括兴建政府信息中心、加强社会信息机构在决策工作中的作用、引入科学的信息处理方法等，确保提供客观、准确、及时的决策参考信息。四是市县政府及其部门应当吸收各领域的专家建立专门的决策咨询机构，健全决策咨询论证的保障机制和专家管理制度，完善行政决策的智力支持系统。五是各级行政机关应当一级抓一级、逐级抓落实，督促市县政府及其部门完善重大行政决策听取意见制度，并将制度建设和实施情况纳入有关考核体系。

四、推行重大行政决策听证制度

听证是一种正式的听取意见程序。行政听证，是指行政机关在就行政管理事项作出决定前充分听取当事人意见的制度。行政听证对于有效督促行政机关依法行政，切实保障公民合法权益和公共利益具有重要意义。许多国家立法中都有关于行政听证的明确规定。我国现有行政决策听证规定散见于相关单行法律、法规、规章和规范性文件，国务院部门和地方各级行政机关根据实际需要也制定了大量行政听证专门规则，为规范行政决策听证提供了基本依据。

世界各国与地区的行政听证表现形式多种多样，依据不同的标准可作不同的分类，常见的分类有：一是根据听证是否以案卷排他性为原则和程序的复杂程度、严格性，分为正式听证与非正式听证；二是根据听证举行的时间在决定作出之前或者之后，分为事前听证、事后听证、结合听证；三是根据听证参加人是否以口头、言词方式陈述意见，分为口头听证与书面听证；四是根据行政机关在决定听证事项上的裁量空间，分为法定听证、任意听证和非法定听证；五是根据听证程序的发动主体是行政机关或者利害关系人，分为依职权的听证与依申请的听证。

在我国，法律意义上的行政听证一般是指正式听证或者听证会；只有事先听证，没有关于事后或者结合听证的规定；只有口头听证，没有关于书面听证的明文规定；既有法定听证，也有任意听证，例如《国土资源听证规定》第12条第1款规定的拟定或者修改基准地价等三种事项、《政府制定价格听证办法》第3条第2款和第3款规定的属于定价听证目录的价格决策事项等是法定听证，而《中华人民共和国行政许可法》第46条规定的行政机关认为需要听证的其他涉及公共利益的重大行政许可事项则属于非法定听证；既有依职权的听证，也有依申请的听证，例如涉及公共利益的行政许可听证为依职权的听证，一般的行政许可、行政处罚听证则是依申请的听证。

重大行政决策听证，是指行政机关在作出重大行政决策前，依照法定程序听取社会公众、利害关系群体等各方面代表的意见，为决策提供参考的程序。依照我国有关法律、法规和《决定》的规定，重大行政决策听证是正式听证，实践中主要通过听证会的形式举行；从保证决策科学性、民主性的角度来说，重大行政决策听证属于事前听证，而不宜采取事后听证的方式；法律、法规、规章明确规定的决策事项，例如城乡规划的编制和实施情况的评估、地方政府规章的制定、基准地价的拟定或者修改等属于法定听证，《决定》规定的涉及重大公共利益和群众切身利益的决策事项则属于非法定听证，市县政府及其部门对规定范围以外的其他事项举行的听证则属于任意听证；从现行规定来看，重大行政决策听证主要是依职权的听证，有关公民、法人和其他组织对重大行政决策事项提出的听证要求属于建议性质，是否举行听证应由行政机关决定。

重大行政决策听证制度主要有三方面特征：一是重大行政决策听证是一种正式的听取意见程序，一般来说法律法规规定了较为复杂、严格的听证程序，在这一点上与座谈会、论证会等非正式的听取意见程序不同。二是重大行政决策听证是就重大行政决策事项举行的听证，一般由行政机关组织并主持，在这一点上与立法听证和司法听证等不同。三是重大行政决策听证旨在为各种利益主体提供一个向决策机关表达、沟通并且与有关利益方进行协调的机制，为行政机关提供决策参考，在这一点上与调查认定案件事实、理由和证据并为作出决定提供直接依据的具体行政行为听证不同。

当前，在重大行政决策听证方面还存在一些突出问题：一是一些行政机关对听证的重要性认识不够，对一些应当举行听证的事项不举行听证。二是现有的听证程序还不够科学、具体、规范，行政机关在实践操作上随意性较大，一定程度上限制了社会公众和利害关系群体通过听证充分表达意见。三是听证的效力不够明确，影响了听证的效果，社会普遍反映一些听证活动走过场、流于形式。为了切实解决这些问题，确保行政机关在充分考量各种利益关系的基础上作出重大行政决策，《决定》要求市县政府推行重大行政决策听证制度，在决策听证范围、遴选听证代表、告知听证事项、规范听证程序、决策听证效力等方面作出了明确规定。

（一）关于决策听证范围

关于决策听证范围，《决定》规定："要扩大听证范围，法律、法规、规章规定应当听证以及涉及重大公共利益和群众切身利益的决策事项，都要进行听证"。对此，应当从以下三个方面把握：

1. 对法律、法规、规章规定的重大行政决策听证事项，市县政府及其部门应当按照规定举行听证。目前，《中华人民共和国城乡规划法》、《规章制定程序条例》、《国土资源听证规定》、《政府制定价格听证办法》等法律、法规、规章规定了相关领域应当听证的行政决策事项，一些地方政府规章也明确了应当听证的决策事项范围，归纳起来主要有以下几种类型：城乡规划的编制和实施情况的评估，地方政府规章的制定，基准地价的拟定或者修改，土地利用总体规划及矿产、水等自然资源规划的编制和重大调整，区域性城市房屋拆迁补偿标准的制定和修改，实行政府指导价或者政府定价的重要商品和服务价格的制定和修改等。

2. 对法律、法规、规章没有明确规定，但是涉及重大公共利益和群众切身利益的决策事项，市县政府及其部门应当扩大听证范围，将其纳入决策听证。除了要求切实执行国家有关法律法规规章关于听证范围的规定以外，《决定》还进一步提出了要扩大听证范围的原则性要求，即按照"涉及重大公共利益和群众切身利益"的标准，将更多的重大行政决策事项纳入听证范围。重大公共利益一般是指一定范围内不特定群体的共同利益，群众切身利益是指与人民群众生产、生活密切相关的利益。对这些决策事项，市县政府及其部门在决策过程中也要举行听证，听取群众意见。

3. 重大公共利益和群众切身利益是具有一定弹性的抽象概念，在具体认定上应当因地制宜，还会随着经济社会和法制环境的发展而不断变化。《决定》只是提出了原则性要求，没有列举具体的事项范围。正是考虑到对不同层级的行政机关、不同地区来说，涉及重大公共利益和群众切身利益的事项有一定的差异，因此，市县政府及其部门要根据法定职责和本地区的实际情况明确具体的事项范围，积极探索扩大听证范围，条件成熟的时候通过本级政府的规章、规范性文件加以明确并向社会公布。

（二）关于遴选听证代表

我国现行法律、法规、规章没有规定听证代表的产生方式，有的只是一般性地要求听证代表应具有广泛性、代表性。实践中，有的行政机关在遴选听证代表方面的做法缺乏规范，为了使决策方案顺利过关，甚至刻意选择赞同预定方案的人担任听证代表，一定程度上影响了听证代表的代表性和行政决策的公信力。有鉴于此，《决定》规定了明确的听证代表遴选规则："科学合理地遴选听证代表，确定、分配听证代表名额要充分考虑听证事项的性质、复杂程度及影响范围。听证代表确定后，应当将名单向社会公布。"对此应当从以下三个方面把握：

1. 遴选听证代表的原则。遴选听证代表的总体原则是"科学合理"，惟此才能保证当选代表具有广泛的代表性，充分反映相关利害关系群体的声音，使决策具备扎实的民意基础。据此要求市县行政机关：一是在重大行政决策制度中明确遴选听证代表的具体办法。二是确定并分配具体决策事项的听证代表名额时，应当充分考虑该事项的性质、复杂程度及影响范围等因素。三是各领域的专家或者人大代表、政协委员常常成为听证代表，同时为保证充分的代表性，也要吸收一些虽然不具备专门知识但具备相关工作或者生活经历的一般社会公众参加听证。

2. 遴选听证代表的方式。实践中，一些决策听证的代表产生机制不民主，往往由听证组织机关通过指定的方式确定听证代表，一定程度上导致群众对代表性的质疑。听证代表的遴选机制应当具备民主性。具体可以参照以下两种方式：一是建立日常的听证代表库，吸收各行业、各领域有代表性的人员作为备选代表，定期更新并公布名单；在此基础上，针对具体的决策事项，从相关领域或者行业的备选代表中随机抽取产生听证代表。二是，建立由自愿报名、群众推选、有关单位或者行业组织推荐、行政机关指定等相结合的听证代表产生方式，其中自愿报名、群众推选和单位组织推荐等产生的备选人员须经行政机关确定之后才成为听证代表。行政机关指定作为补充方式，是为了确保听证代表的具有充分、广泛的代表性。

3. 听证代表名单的公布。实践中，一些听证代表的产生过程不透明，甚至直到听证会召开，听证代表的具体人选才为公众所了解。对听证代表名单保密的做法，可能有保证听证代表免受不当干扰的考虑，但是也容易面临"听证走过场"的疑问。根据《决定》规定，应当提高听证代表产生过程的透明度，向社会公开听证代表名单和适当的联系方式，方便群众与听证代表进行适当、正常的沟通，一定程度上也督促听证代表切实履行职责。

（三）关于告知听证事项

行政决策事项往往具有较强的专业性，消费者、普通群众及其代表与政府、相关行业的企业之间也存在比较明显的信息不对称问题，从而可能限制听证代表的参与能力，影响决策听证的实效性。为了解决这一问题，增强听证代表的参与能力，提高决策听证的实效性，《决定》规定："听证举行10日前，应当告知听证代表拟做出行政决策的内容、理由、依据和背景资料。"对此应当从以下三个方面把握：

1. 告知期限。告知期限越长，听证代表越有机会充分了解听证事项。《决定》规定了告知的最低期限，即最迟应当于听证举行前 10 日进行告知。考虑到重大决策听证事项的复杂性，再加上听证代表的时间精力限制，听证组织机关应当尽可能适当提前告知，确保听证代表有足够的时间熟悉听证材料，从而在了解群众意见的基础上参与听证、反映民意。

2. 告知内容。《决定》规定，告知的内容包括拟做出决策的内容、理由、依据和有关的背景资料。以调整居民生活用水价格听证为例，应当告知的内容一般包括：一是表明听证内容为是否需要以及可能如何对居民生活用水价格进行调整；二是表明决策机关依据价格法等法律、法规、规章具有调整价格的职权，并依法举行听证；三是说明可能需要调整现行居民生活用水价格的主要理由；四是提供经审计的有关供水企业的成本核算报告等背景资料。

3. 代表培训。听证代表可能在理解专业的听证材料方面存在一定困难。为了切实提高听证代表的参与能力，行政机关可以根据需要对听证代表进行适当培训。这是一种更完备的告知义务履行方式，一般适用于听证事项比较复杂、一般社会公众对该事项了解程度不高等情况。

（四）关于规范听证程序

决策听证是一种正式的听取意见程序，应当按照严格的法定程序举行。《决定》规定了重大决策听证程序的基本框架，即"除涉及国家秘密、商业秘密和个人隐私的外，

48

听证应当公开举行，确保听证参加人对有关事实和法律问题进行平等、充分的质证和辩论。"对此应当从以下三个方面把握：

1. 决策听证的公开原则。公开原则是决策听证程序的基本原则，"听证应当公开举行"是公开原则在听证进行程序中的体现，主要是指应当允许公众，特别是新闻媒体到场旁听。实践中有些听证采取了电视现场直播的公开方式，更有利于提高听证过程的透明度。为了实现公开原则，听证组织机关应当根据决策事项可能受公众关注的程度，选择适当的会议场所，提前公布旁听报名方式，在保障听证程序正常进行的情况下，尽量安排群众和新闻媒体旁听。同时，《决定》规定了公开原则的例外，即如果决策事项涉及国家秘密、商业秘密或者个人隐私，可以不公开举行。

2. 言辞原则。确保听证参加人在听证中进行平等、充分的质证和辩论，是听证言辞原则的体现。事实越辩越明，真理同样越辩越明。市场经济是利益多元化的经济社会发展模式。在市场经济条件下，市县政府要做到科学民主决策，就必须充分听取各利害关系群体的意见。在这个意义上，决策听证程序的言辞原则是科学民主决策的客观要求。按照《决定》的规定，听证组织机关应当确保听证参加人有平等的机会充分表达意见，对自己的观点进行说明并提供有关材料，对不同意见进行质疑，各方就主要分歧问题展开充分辩论，在此基础上才能做到"兼听明断"。

3. 听证内容。按照《决定》的规定，听证内容是与决策事项有关的事实问题和法律问题两个方面。与决策有关的事实问题主要是指影响决策实施的各种事实因素，与决策有关的法律问题主要是指影响决策实施的法律制度条件。例如，就一项政府投资的基础设施建设项目来讲，事实问题可能包括现有的基础设施是否能够满足需要，新项目在选址等方面的可行性问题，以及该项目建成后预期为当地带来的经济社会效益等；法律问题可能包括项目的投资决策权限、招投标、征地补偿与农民安置、环境影响评价问题等。

（五）关于决策听证效力

与具体行政行为听证的法律效力不同，决策听证只是为市县政府及其部门的重大行政决策提供参考。为了切实解决实践中的听证效力不明确、听证走过场等问题，提高决策听证的实效性，《决定》明确规定了决策听证的效力，即"对听证中提出的合理意见和建议要吸收采纳，意见采纳情况及其理由要以书面形式告知听证代表，并以适当形式向社会公布。"对此应当从以下三个方面把握：

1. 听证意见的吸收采纳。听证之成为决策参考，关键在于听证中提出的合理意见和建议要为决策机关采纳，否则听证的意义就荡然无存。为此，听证组织机关应当做好听证记录，会后对听证代表提出的意见进行归纳汇总分析，对主要意见逐条研究提出处理意见，不予采纳的应有充分理由，予以采纳的应当提出相应的修改决策方案、甚至放弃决策事项的建议，在此基础上提出听证报告并按照规定程序报批。

2. 意见采纳情况的反馈。建立意见采纳情况的反馈机制，有利于加强决策过程的互动性，体现对听证代表的尊重并保护其参与听证的积极性。按照规定程序报批后，听证组织机关应当按照《决定》的规定，以书面形式向听证代表反馈最终决策采纳听证中提出的意见和建议的情况，包括：一是不予采纳的意见和建议以及不予采纳的理由，二是予以采纳的意见和建议及其在最终决定中的体现等。每位听证代表提出的意见和建议未必相同，决策组织机关可以准备统一的反馈材料，而不必针对不同听证代表提出的问题进行反馈。

3. 意见采纳情况的公告。为了便于社会监督，除了对听证代表的反馈以外，《决定》还要求将意见采纳情况及其理由以适当形式向社会公开。具体的公开形式可以通过当地主流报刊、电视广播、政府公报等载体。

（六）贯彻落实《决定》规定需要采取的措施

为使《决定》关于重大行政决策听证制度的规定落到实处，市县政府及其部门应当采取以下贯彻落实的具体措施：一是根据法律、法规、规章等规定，结合本地区的实际情况，确定职权范围内的重大行政决策事项听证范围，以适当形式向社会公布。二是完善本行政机关的重大行政决策程序，包括完善听证代表遴选、听证事项告知、听证进行程序、听证意见采纳情况的反馈和公告等制度。三是决策机关或者政府法制机构对有关部门提请决策的事项，注意审查是否按照规定举行听证并充分考虑听证意见，违反听证程序的有关规定或者没有充分考虑听证意见的，按照规定责令改正。四是有关部门做好决策听证的经费保障，确保听证的正常举行。

五、建立重大行政决策的合法性审查制度

重大行政决策合法性审查，又称合法性论证，是指对决策权限是否于法有据、决策程序是否依法进行、决策内容是否符合法律规定等进行分析审查，防止出台违法决策。

重大行政决策合法性审查主要有四方面特征：一是审查时点是作出重大行政决策之前；二是审查内容是决策权限、决策程序、决策内容等的合法性问题；三是审查主体主要是决策机关的政府法制机构；四是该程序相应的主要表现为行政机关的内部程序。

《纲要》对合法性审查提出了明确要求："重大行政决策在决策过程中要进行合法性论证"。为贯彻落实《纲要》规定，许多地方政府在出台的重大行政决策规定中建立了合法性审查制度，有的市县政府还出台了专门的合法性论证规定。市县政府法制机构对重大行政决策进行合法性审查，对提高市县政府及其部门的依法行政水平、扎实推进市县依法行政和法治政府建设进程发挥了重要作用。但是，目前重大行政决策合法性审查在实践中还存在一些问题，主要是：一些市县尤其是县级政府法制机构仍然普遍比较薄弱，难以承担起日益繁重的决策合法性审查工作；一些市县政府领导干部因为不重视决策的合法性审查而作出违法决策的现象，还时有发生。为充分发挥合法性审查在提高市县政府依法行政水平以及保障科学民主决策等方面的作用，《决定》规定："市县政府及其部门做出重大行政决

策前要交由法制机构或者组织有关专家进行合法性审查，未经合法性审查或者经审查不合法的，不得做出决策。"对此，应当把握以下几点：

（一）关于重大行政决策合法性审查的主体

合法性审查的主体一般是市县政府及其部门的法制机构。《决定》规定了法制机构审查和组织专家审查两种合法性审查方式。在两种方式中，法制机构的作用有所不同：一是市县政府及其部门将决策事项交由其政府法制机构进行审查，对政府来说就是交给市县政府法制办（局），对市县政府的工作部门来说就是交给该部门的法制处（科）。二是市县政府及其部门也可以"组织有关专家进行合法性审查"。在这种情况下，如果具体组织工作交由市县政府法制办（局）负责，有关专家对决策事项的合法性审查性质上属于专家咨询论证，所提出的审查结论具有决策参考的意义，一般仍需由政府法制机构研究提出对专家审查结论的处理意见，报决策机关作出决定。

（二）关于重大行政决策合法性审查的内容

合法性审查的内容包括决策权限、决策过程、决策内容等方面的合法性问题：一是决策权限的合法性，即决策事项是否属于决策机关的职权范围。二是决策过程的合法性，主要是指是否遵循了重大行政决策制度的有关规定，例如，是否应当听取意见而未听取意见，是否应当举行听证而未举行，是否违反听证程序的有关规定等等。三是决策内容的合法性，即决策方案草案、备选方案等是否符合有关法律、法规、规章及有关政策等规定。

（三）关于重大行政决策合法性审查的程序

根据《决定》和一些地方有关合法性审查程序的有关规定，重大行政决策合法性审查的一般程序为：一是决策工作部门通知法制机构参加重大行政决策事项的有关前期调研和论证工作，便于法制机构及时提出有关法律意见。二是有关决策工作部门将决策事项有关材料，包括决策事项的基本情况、有关法律法规规章和政策依据、决策草案或者备选方案及其实施方案以及可行性说明等、关于决策事项的法律意见书等，提供给政府法制机构。三是法制机构对决策事项材料进行研究，根据需要进行调研或者通过座谈会、论证会等方式听取社会各方面意见，在此基础上出具合法性审查结论并退回决策工作部门。四是决策工作部门对法制机构出具的合法性审查结论进行研究，审查结论建议修改决策方案的，作出相应修改后再次提请审查；审查结论指出决策程序违法的，补正相应程序或者重新进行相应程序后再次提请审查；审查结论认为决策事项违法应予废弃的，向决策机关提出报告。五是决策工作部门将通过合法性审查的决策事项，按照规定提请决策机关审议。

（四）关于重大行政决策合法性审查的结果

合法性审查的结果表现为合法性审查结论。审查结论因决策过程的具体情形而不同，例如：超越权限的，审查结论可能是废弃、终止决策议题或者按照有关规定办理审批手续；违反程序的，审查结论根据情况可能是不影响已完成程序的效力而只需补足或者改正相关程序，或者是导致已完成程序无效而需要重新进行；决策方案草案或者备选方案违法的，审查结论可以提出修改方案或者废弃、终止决策议题的建议；决策依据、程序和内容均符合法律、法规等规定的，建议提请决策机关讨论或者签发。

（五）关于重大行政决策合法性审查的效力

关于合法性审查的效力，《决定》从反面规定了两种情形，实际上是确立了"未经合法性审查不决策"的基本原则：一是未经合法性审查的，不得作出决策，有关决策机关不得将其列入讨论议程；决策已经作出的，即构成违反决策程序，由有关行政机关责令改正。二是经审查不合法的，不得作出决策，有关决策机关不得将其列入讨论议程；按照审查结论进行修改或者调整后，可再次提请进行合法性审查。

（六）贯彻《决定》规定需要采取的措施

为使《决定》关于重大行政决策合法性审查的规定落到实处，市县政府及其部门应当采取以下贯彻落实的具体措施：一是加强政府法制机构建设，充分发挥其在行政决策方面的参谋助手和法律顾问的作用。二是建立健全重大行政决策合法性审查规则和程序，把市县政府及其部门的所有重大行政决策事项纳入审查范围。三是做好合法性审查的经费保障。

六、坚持重大行政决策集体决定制度

重大行政决策集体决定制度，又称集体决策制度，是指在行政决策备选方案或者方案草案确定后，通过政府常务会议或全体会议形式，进行集体审议并决定的制度。

《中华人民共和国地方各级人民代表大会和地方各级人民政府组织法》第63条对重大行政决策集体决定制度作了明确规定，"政府工作中的重大问题，须经政府常务会议或者全体会议讨论决定。"为贯彻此项要求，许多地方政府以地方政府规章和政府工作规则等形式对集体决策制度作了具体规定。据统计，截至2007年底，全国共有348个市级政府和2569个县级政府建立了政府领导集体决策制度，分别占总数的97%和94%。市县政府建立重大行政决策集体决定制度，有利于发挥集体智慧和作用，对改进政府工作作风、强化领导班子成员之间的监督和制约、促进行政决策的科学化、民主化都具有重要作用。为此，《决定》明确要求，市县政府及其部门重大行政决策应当在深入调查研究、广泛听取意见和充分论证的基础上，经政府及其部门负责人集体讨论决定。具体来说，决定主要包含以下两点要求：

一是必须严格执行决策前的调研、论证和征求意见程序，即重大行政决策事项只有经过深入调查研究、广泛听取意见和充分论证才能提交会议讨论决定。具体来说，重点要做到以下几点：

1. 凡提交政府常务会议或者全体会议集体讨论决定的重大事项，会前，决策承办单位应当做好调查研究工作，全面、准确掌握决策所需的信息。调查研究的内容应当包括决策事项的现状、必要性、可行性、利弊分析以及决策风险评估等。调查研究工作完成后，决策承办单位应当拟

56

订决策备选方案。对需要进行多方案比较研究的决策事项，应当拟订两个以上可供选择的备选方案。未经调查研究、或者未能拟订决策备选方案的，不得提交会议讨论。

2. 凡涉及面较大的事项，提交会议讨论前，该部门还应做好协调工作，并征求本级政府相关部门和下一级政府的意见，必要时还要征求人大代表、政协委员的意见。对经过协调未能达成一致意见的问题，要将分歧情况如实汇报，并提出解决问题的意见，供会议讨论决定时参考。未经协调和征求意见的，未提出解决问题办法的，均不能安排上会。

3. 涉及城乡规划、城市交通、文化教育、医疗卫生、公共服务价格调整等与重大公共利益和群众切身利益密切相关的决策事项，还应当按照有关规定和程序，组织召开听证会，广泛征求社会各界的意见。对听证代表的意见、建议应当制作听证报告，作为会议材料提交会议作为决策参考。对应当召开而未召开听证会的议题，不得安排上会。

4. 重大行政决策事项在提交会议讨论前，还应交由法制机构或者组织有关专家进行合法性审查，未经合法性审查或者经审查不合法的决策方案，不得安排上会讨论。

5. 涉及经济社会发展规划、城乡规划、产业发展、重大改革措施、重要资源配置和政府重大建设项目等专业性、技术性较强的议题，还应当依照有关规定，组织专家进行咨询论证。对应当组织专家咨询论证而未组织的，不得安排上会。

二是对重大行政决策事项，必须经过政府或部门负责人集体讨论后作出决定。

政府工作中的重大决策事项必须经政府常务会议或者全体会议集体讨论决定，对重大突发事件和紧急情况，无法及时召开常务会议的，政府负责人可临机处置。政府全体会议由政府的全体组成人员参加，常务会议一般由政府正副领导和秘书长（县一级为办公室主任）参加。

要正确理解和把握行政决策集体决定制度和行政首长负责制的关系。《中华人民共和国宪法》第105条第2款规定："地方各级人民政府实行省长、市长、县长、区长、乡长、镇长负责制。"但行政决策集体决定制度与行政首长负责制并不矛盾，因为政府全体会议和常务会议的讨论情况和表决结果只是作为行政决策的重要参考，最终应由政府主要负责人对行政决策作出决定，并对决策承担主要责任。

市县政府及其部门应当采取以下贯彻落实的具体措施：一是完善行政决策前的调研、论证和征求意见程序，严格做到未经调查研究、合法性审查、征求部门意见的决策议题不上会，应当听证和组织专家咨询论证而未实施的不上会，为实现科学决策、民主决策切实把好关。二是要严格重大行政决策集体决定制度，对重大决策事项均应在常务会议或者全体会议上讨论作出决定，杜绝政府负责人擅自作出，或者召开负责人办公会等其他会议形式做出，坚决杜绝以传阅、会签或个别征求意见等形式代替集体讨论决定的行为。三是要建立和完善会议记录备案制度，如实记录各种意见和主要理由，以利于决策责任追究制度的落实。

七、建立重大行政决策实施情况后评价制度

行政决策后评价是指在行政决策实施过程中，由特定主体对决策造成的正负面影响、决策实施的成本与效益、决策与社会实际的符合程度等作出的评价，并由此决定决策的延续、调整或终结的活动。

《纲要》明确规定行政机关要定期对决策的执行情况进行跟踪与反馈，并适时调整和完善有关决策。近年来，各级地方政府贯彻落实《纲要》的规定，对政府决策跟踪反馈和后评估制度作了积极探索。据统计，全国共有227个市级政府和1523个县级政府建立了政府决策跟踪反馈和后评估制度，分别占总数的63%和56%。市县政府建立并实施政府决策跟踪反馈和后评估制度，对于及时发现行政决策中存在的问题和不足，减少决策失误造成的损失，提高行政决策的科学性、民主性都具有十分重要的作用。但从统计数据可以看出，目前我国仍有很大比例的市县政府尚未按照《纲要》的要求建立政府决策跟踪反馈和后评估制度。针对这一情况，《决定》在《纲要》规定的基础上，进一步对重大行政决策后评价制度作了明确规定，具体来说，主要包含以下四点要求：

一是所有重大行政决策作出后一段时间内都要进行实施情况后评价。与《纲要》的规定相比，《决定》将行政决策后评价的对象限定为重大行政决策事项，有利于市县政府及其部门集中有限力量重点抓好重大决策事项的跟踪评估。

二是重大行政决策后评价的主体是决策机关，即作出决策的市县政府及其部门，这有别于执行机关实施的执行评估，与以决策执行机关为主体的执行评价不同。在实践中，有的地方政府还对本区域内的行政决策后评价工作做了具体分工，例如北京市门头沟区政府规定，区政府办公室负责决策后评价制度的组织实施，区政研室会同决策提出机关具体负责决策后评价工作。

三是行政决策后评价的工作方式主要包括抽样检查、跟踪调查、评估等。"抽样检查"是以概率论为理论根据，从调查总体中抽取部分样本进行调查，用所得的结果说明总体情况的调查方法。"跟踪调查"是指通过跟踪行政决策实施的全过程对决策执行情况和实施效果进行调查的方法。实践中，有的地方和部门还根据决策后评价工作的不同阶段分别规定了不同的决策方法，如在行政决策信息收集整理阶段采取个体的、群体的访谈方法或采用文件资料审读、抽样问卷等方法；在行政决策统计分析阶段实行定性、定量分析相结合的方法进行统计分析决策信息，运用成本效益统计、抽样分析法、模糊综合分析法等政策评价方法评价得出结论并加以综合分析，最终取得综合评定结论。

四是根据后评价的结果区别情况对行政决策作出处理。行政决策机关在决策后评价过程中，应当根据不同情况作出不同的决定。如果重大行政决策及其执行并无违法或者不当的，应该继续执行；如果重大行政决策存在严重违法或者决策的目的难以实现的，应该作出废止决定，停止执行；如果暂时无法确定重大行政决策是否违法或者执行存在违法现象，但继续执行可能造成严重的不利后果的，则应该暂缓执行；如果重大行政决策存在轻微瑕疵，可以修正的，则应该修正决策决定。

市县政府及其部门应当采取以下贯彻落实的具体措施：一是建立健全重大行政决策后评价的规则和程序，按照《决定》的要求，结合本地方、本部门的情况，对行政决策后评价制度作出细化规定。二是要重视行政决策后评价结果的应用，将行政决策后评价工作与决策方案的修正和完善结合起来，同时将后评价工作与对有关决策人员和执行人员的工作考核结合起来。

八、建立行政决策责任追究制度

行政决策责任追究制度是指对政府工作人员超越法定权限、违反法定程序作出决策行为，以及依法应当决策而不作出决策的行为予以责任追究的制度。

《纲要》要求各级政府要按照"谁决策、谁负责"的原则，建立健全责任追究制度。为贯彻《纲要》的要求，我国大部分地方政府都对行政决策责任追究制度作了规定。据统计，我国共有21个省、市、自治区政府建立了政府决策责任追究制度，274个市级政府和1973个县级政府建立了政府决策责任追究制度，分别占总数的77%和72%。但在市县政府实践中，还大量存在决策责任意识不强、责任主体不明的问题，导致出现很多决策失误无人负责的现象。针对这些问题，《决定》在《纲要》规定的基础上，对行政决策责任追究制度作了进一步细化规定。具体来说，主要包括以下两个方面的规定：

一是规定了违法决策行为的法律责任。严格、规范的行政决策程序是实现决策科学化、民主化的重要前提，也是提高政府公信力的制度保证。《决定》主要对三类违法行为规定了法律责任：（1）应当听证而未经听证做出决策的行为。《决定》第（八）项规定，法律、法规、规章规定应当听证以及涉及重大公共利益和群众切身利益的决策事项都要进行听证。这是《决定》对市县政府及其部门行政决策行为的强制性要求，违反这一规定就会侵犯社会公众对政府决策行为的参与权，影响政府决策行为的科学性和公信力，因而要承担相关的法律责任。（2）未经合法性审查或者经审查不合格而作出行政决策的行为。《决定》第（九）项规定，"市县政府及其部门做出重大行政决策前要交由法制机构或者组织有关专家进行合法性审查，未经合法性审查或者经审查不合法的，不得做出决策。"政府的决策行为涉及群众的范围广，影响大，一旦失误往往造成难以估量的巨大损失。因此，《决定》要求市县政府及其部门作出行政决策行为前，必须要经过政府法制机构或者有关专家的合法性审查，在法制环节上进行把关。这是《决定》的强制性要求，违反这一规定要承担相应的法律责任。（3）未经集体讨论做出决策的行为。《决定》第（十）项规定，"市县政府及其部门重大行政决策应当在深入调查研究、广泛听取意见和充分论证的基础上，经政府及其部门负责人集体讨论决定"。这是《决定》对重大行政决策程序的强制性规定，违反这一规定，就很难避免出现擅权专断、滥用权力的现象。因而《决定》对这一违法行为规定了相应的法律责任。

此外，《决定》还规定了违法决策行为需要承担的法律责任，即要依照《行政机关公务员处分条例》第19条第（一）项的规定，对负有领导责任的公务员给予处分，包括给予警告、记过或者记大过处分；情节较重的，给予降级或者撤职处分；情节严重的，给予开除处分。

二是规定了行政决策不作为的违法行为的法律责任。对行政机关而言，行政决策权具有不可处分性，即未经法律许可不得随意转移、放弃和抛弃，行政首长只能依法行使行政职权，无权擅自变更、放弃或转让其职权。放弃行政职权，就是失职、渎职，就有可能对国家和人民的生命财产造成严重损害。因而《决定》对依法应当做出决策而不做出决策，玩忽职守，贻误工作的，要依照《行政机关公务员处分条例》第20条的规定，对直接责任人员给予处分，具体包括：给予记过、记大过处分；情节较重的，给予降级或者撤职处分；情节严重的，给予开除处分。

为使《决定》关于行政决策责任追究制度的规定落到实处，市县政府及其部门应当采取以下贯彻落实的具体措施：一是要完善行政决策的议事规则，严格会议记录制度，作为划分责任有无和大小的依据，杜绝以集体决策为名回避责任追究的现象。二是要按照《决定》的要求，对本级政府实施行政决策责任追究的具体程序作出细化规定。三是要加强对行政决策活动的监督，完善监督制度和机制，明确监督主体、监督内容、监督对象、监督程序和监督方式。对有违法和不当决策行为的，要依法追究责任人的法律责任，实现有权必有责、用权受监督、违法受追究的法治要求。

第四章 建立健全规范性文件
监督管理制度

制定和发布规范性文件是市县政府及其部门实施法律、法规，履行行政职能，依法管理本地政治、经济、文化和社会事务的重要方式。规范性文件是否合法、适当，是否具有可操作性，是否适应本地各项事业发展的实际需要，直接关系到当地行政执法水平和依法行政水平。加强规范性文件的监督管理，提高规范性文件质量，有利于保障法律、法规、规章的全面、正确实施，保证政令畅通，维护公民、法人和其他组织的合法权益，从源头上规范行政机关行政行为，提高依法行政的能力和水平。

规范性文件属于制度建设范畴。因此，《纲要》把对规范性文件监督管理的规定放到提高制度建设质量部分，同对起草法律、法规草案，制定规章的要求一样，在提高质量、规范程序、改进方法、讲求效果、及时评估清理等方面做出了明确规定。《决定》针对市县政府依法行政的实际，从规范性文件的制定和监督两个方面，规定了四项具体制度；从规范性文件的制定权限和制定程序，规范性文件的发布和定期清理，规范性文件的备案监督和公众提请监督等方面提出了具体要求。

一、规范性文件的概念和特征

《决定》中的规范性文件也就是人们俗称的"红头文件"，是指依法行使行政管理权的行政主体为了执行法律、法规、规章，有效实施行政管理，依据法定职权或法律、法规授权而制定的，涉及公民、法人和其他组织权利、义务，具有普遍约束力，可以反复适用的除行政法规和行政规章之外的行政文件。

关于这类行政文件的称谓，在行政法学界一直没有统一的观点。学理上一般称为行政法规、规章之外的抽象行政行为，有学者称为行政规范，有学者称为行政规则，有学者称为行政规定，更多的是称为规范性文件、行政规范性文件或者其他规范性文件。在实践中，从规范行政机关行政行为的角度，自1987年法规规章备案制度建立以来，一些地方就已经开始在地方政府规章、地方性法规中使用这一概念和名称。目前，在国务院推进依法行政的有关文件、地方政府普遍建立的规范性文件备案监督制度以及一些地方人大依据《中华人民共和国各级人民代表大会常务委员会监督法》建立的对行政机关规范性文件进行监督的备案审查制度中，都已经广泛使用了这一概念。

就规范性文件的内涵和外延分析，规范性文件具有以下三个显著特征：

第一，行政性。首先是制定机关的行政性。这里的行政机关，指各级行政机关，包括：国务院；国务院各部门；地方各级人民政府；县级以上地方人民政府所属工作部门；

行政机关的派出机关，如行政公署；行政机关依法派出的机构，如开发区管理委员会。这是规范性文件发布主体的基本形式，既包括行政法规和规章的制定主体，也包括没有行政法规、规章制定权的行政主体。在实践中，还存在一种特殊主体，它在性质上不属于行政机关，是法定的行政管理组织，但是依照法律、法规授权可以独立行使行政管理权，依法也可以成为发布规范性文件的主体，如中国证监会、中国保监会，地方政府市容监察大队等。其次是公文的行政性。规范性文件是一种行政性公文。《国家行政机关公文处理办法》第2条规定："行政机关的公文（包括电报，下同），是行政机关在行政管理过程中形成的具有法定效力和规范体式的文书，是依法行政和进行公务活动的重要工具。"根据该办法第9条的规定，行政公文的种类分为命令（令）、决定、公告、通告、通知、通报、议案、报告、请示、批复、意见、函、会议纪要十三种。行政公文从发文对象来分，可以分为四种类型：一是单纯向权力机关行文的，如向同级人大及其常委会提出法律议案或地方性法规草案；二是直接向社会发布，如通告、公告；三是向行政机关行文，如通知、通报、报告、请示、批复、意见、函、会议纪要；四是既向行政机关行文，也同时向社会公布，如命令、决定、通知。在这种分类中，第二种和第四种属于规范性文件。其中，命令（令）除适用于依照有关法律公布行政法规和规章外，还适用于宣布重大强制性行政措施等；决定适用于对重大事项或重大行动做出安排等；公告适用于向国内外宣布重要事项或者法定事项；

通告适用于公布各有关方面应当遵守或者周知的事项；通知除适用于批转、转发、传达外，还适用于需要有关单位周知或者执行的事项。这些行政公文的内容都是涉及行政管理事务或者与行政管理相关的事务，目的都是为了执行法律、法规和规章，履行行政管理职能。可以看出，规范性文件属于行政公文的组成部分。

根据规范性文件行政性的这一特征，在判断规范性文件发布主体范围时，就可以排除一些主体，也就是说以下主体发布的文件不属于规范性文件。一是行政机关内设机构；二是政府各类议事协调机构；三是不具有行政管理权的企事业单位和社会团体；四是除行政机关外的其他国家机关。此外，依法接受委托行使行政管理权的事业组织，也同样不具有发布规范性文件的主体资格。与经法律、法规授权以自己名义行使行政管理权的组织相比，被委托的机构是以委托机关的名义实施行政管理，是根据委托机关的委托执行具体行政管理行为，没有完全独立的行政管理权。因此，无权发布具有普遍约束力的规范性文件，需要制发规范性文件时，只能由委托机关制定、发布。

第二，外部性。这里的外部性是指规范性文件的内容涉及行政管理相对人的权利义务关系。规范性文件在内容上属于管理范畴，是一种管理规范，是公务活动的重要工具，既包括对外部发布的行政措施、决定、命令等外部管理规范，也包括对行政机关内部发布的规范行政机关行为的指示、规定、批复、意见和函等内部管理规范。对外部发布的规范性文件固然对外部管理相对人发生法律效力和影响，对内部发布的规范性文件虽然不直接对外部管理相对人发生法律效力，但也会对外部管理相对人的法律权利义务产生影响。比如税务、财政、金融等许多管理部门因下级机关请示而作出的在全系统普遍适用的批复或下发的规范性意见，直接对管理相对人产生法律影响。因此区分规范性文件并不能仅仅从文件是内部文件还是外部文件这一点来区分，主要应当看其规范的内容是否对外部公共管理事务产生影响，也就是说是否对外部管理对象发生法律上的权利义务关系，而不论是直接的还是间接的。

根据规范性文件的这一特征，可以将行政机关内部文件中，仅仅涉及行政机关内部运转、会议纪要、档案、后勤保障、人员福利、人事管理、工作部署等内容的文件，排除在规范性文件之外。这里要特别强调的是，会议纪要不属于规范性文件。会议纪要是行政机关内部研究讨论某些工作事项的记录，不能作为行政执法的依据，也不直接发生法律效力。只有在经研究决定后，根据会议纪要制发有关文件，发布的文件涉及管理相对人权利义务关系，具有普遍约束力的，才属于规范性文件。

第三，规范性。这里的规范性，一方面是指文件具有普遍约束力，即对本行政管理区域所有的人和事都具有约束力，都发生法律效力，而不是针对特定的人或事物。另一方面是指文件不是一次性适用，而是可以反复适用；不是对已经发生的行为进行的具体处理，而是对未来行为的约束。规范性就是一种规则，就是一种人们普遍遵守的规则。在规范性问题上，学理上和学术界目前基本上有了统一的观点，争议不大。

规范性文件的这一特征，可以将行政管理中诸如实施行政许可、行政处罚、行政强制措施、行政征收等具体行政行为排除在规范性文件之外。比如关于做出某一许可的文件，某某政府对某一片区的拆迁决定，征用土地的决定，某某县关于加强市场秩序管理的通知，某某市关于开展户外广告整治活动的通知等等。

二、建立健全市县政府规范性文件监督管理制度的背景、必要性和重要意义

（一）规范性文件监督管理制度的建立和发展

随着改革开放以来我国法制建设的发展，对规范性文件的监督管理也得到不断加强。1987 年国务院建立法规规章备案制度后，为了规范和监督规范性文件的制定工作，各级行政机关开始建立和健全规范性文件制定和监督制度，许多地方和部门开始出台规范性文件制定程序和备案审查规定，规范性文件的制定工作逐渐得到规范。特别是 1989 年《中华人民共和国行政诉讼法》、1996 年《中华人民共和国行政处罚法》和 1999 年《中华人民共和国行政复议法》、2000 年《中华人民共和国立法法》的颁布，对规范性文件的质量不断提出新的更高要求，规范性文件的制定权限和制定程序得到进一步规范，规范性文件的监督不断得到加强。随着依法行政工作的推进，从 2002 年开始，国务院强化了对全国规范性文件的管理和监督，提出了在地方全面建立"四级政府、三级备案"的规范性文件监督体

制，把规范性文件全部纳入监督范围的目标。《纲要》把规范性文件与提出法律议案和地方性法规草案，制定行政法规、规章并列起来作为制度建设的组成部分，从指导思想到内容和程序都提出了具体要求。一些地方和部门也从管理角度，对规范性文件的制定进行规范，出台了一些规章和文件。如上海市、安徽省发布了行政机关规范性文件制定程序规定，海关总署制定了规范性文件制定管理办法，青岛市、郑州市出台了行政机关规范性文件制定与备案审查办法。到目前为止，全国31个省、自治区、直辖市和25个较大的市通过制定规章的政府立法形式建立了规范性文件备案审查制度，形成了省、市、县、乡（镇）"四级政府、三级备案"的体制框架，实现了县级以上地方各级政府对其所属工作部门和下级政府的规范性文件进行监督。据统计，到2006年底，全国已经有334个市级政府和2373个县级政府建立了规范性文件备案制度，占94%和87%。2006年全国31个省、自治区、直辖市政府共收到本级政府所属工作部门和市（地、州、盟）政府报送备案的规范性文件9071件。经过审查，属于备案范围的8397件规范性文件中，发现存在问题的515件，占6.1%，已经按照备案审查程序纠正432件。全国市县政府收到下级政府和政府部门报送备案的规范性文件共计50632件，其中，经备案审查发现问题并予以纠正的市级规范性文件1070件，占市级总数的6%，县级规范性文件5631件，占县级规范性文件总数的17%，共计6701件，占市县规范性文件总数的13%。

（二）规范性文件的现状

为了更深入了解我国各级行政机关发布规范性文件的现状，2003 年，国务院法制办的有关机构有选择地对不同级别行政机关发布规范性文件的情况进行了分析和研究。2007 年上半年，为了筹备全国市县政府依法行政工作会议，对市县政府依法行政情况，包括规范性文件制定情况又进行了统计调查。同时对一些重点市县政府还专门进行了实地调查。

从调查的情况看，目前规范性文件制定的现状，概括起来：

第一，制定主体众多。从调查的情况看，目前上至国务院下至乡镇的各级人民政府和县级以上人民政府所属工作部门均在发布规范性文件。如国务院办公厅 2001 年发布的《棉花收购加工与市场管理暂行办法》，山东省政府 2001 年发布的《关于改革我省城市户籍管理制度的通知》，哈尔滨市政府 2007 年发布的《关于哈尔滨市本级企业国有资本收益收缴管理办法》，蚌埠市政府 2006 年发布的《蚌埠市限制养犬管理办法（试行）》，湖南省邓家塘乡政府 2006 年发布的《邓家塘乡林地权登记换证工作方案》。根据 2007 年民政部公布的全国行政区划统计，除 31 个省级政府外，市级人民政府（包括市、地区、州、自治州、盟）为 333 个，县级人民政府（包括县、市、区、旗、自治旗）为 2860 个，乡级人民政府（包括乡、镇、民族乡）为 41040 个。也就是说，全国每年有近 4.5 万个不同级别的人民政府在发布规范性文件。县级以上各级人民政府所属部门，包括有规章制定权的国务院部门和授权执法组织，每年也都发布规范性文件。如财政部 1998 年发布的《世界银行贷款项目管理费收取和使用办法（试行）》（现已废止），安徽省建设厅 2005 年发布的《安徽省建筑工程评标专家库管理办法》，浙江省海门市环保局 2006 年发布的《海门市污染防治专项资金管理办法》等。据初步抽查统计，全国县级以上人民政府的部门约十三万个，加上近四万多个各级政府，目前全国有规范性文件制定权的机关十七万多个。

第二，每年制定的规范性文件数量巨大。从调查的情况看，由于规范性文件制定主体众多，相关统计制度尚未建立，目前还无法准确统计每年全国行政机关发布规范性文件的具体数字。但是通过对 2001 年、2002 年、2005 年、2006 年国务院及其一些部门发布规范性文件情况，以及山东、四川、贵州、云南、安徽、黑龙江等省不同级别的行政机关发布规范性文件情况的抽样统计分析，每年全国各级行政机关发布的规范性文件数量相当大，总数近三十多万件。比如，四川省政府 2002 年共收到各市政府制定并备案的规范性文件 198 件；黑龙江省政府 2001 年收到 192 件，2002 年收到 380 件；辽宁省铁岭市政府 2006 年发布规范性文件 18 件；2005 年无锡经贸委发布规范性文件 14 件，环保局发布 22 件；2005 年江苏省江阴市政府发布 21 件，宜兴市政府发布 16 件；2006 年湖南省郴州市苏仙区文化局发布 3 件，区交通局 1 件；2006 年湖南省郴州市桥口镇政府发布规范性文件 9 件，良田乡政府发布 2 件。

第三，内容涉及行政管理的各个方面。从调查的情况看，由于行政管理行为的复杂多样，行政机关发布的规范性文件的内容比较庞杂，种类繁多，涉及行政管理、社会管理的各个方面。从是否有上位法依据看，有实施法律、法规、规章方面的具体规定，也有根据行政管理职责和权限创设的行政规范；从是否具有强制约束力看，有强制要求管理相对人必须遵守的强制性规范，也有引导、号召或者指导性的规则；从规范约束的对象看，有对管理相对人行为的外部规范，也有对行政机关行政行为的规范和程序上要求的内部规范；从适用范围看，有适用于整个行政区域内的普遍性规定，也有针对某一领域、某一区域特殊管理对象的专门性规范；在技术标准方面，既有行业管理方面的标准，也有某一领域的技术规范；从适用时效上，有行政管理的长期规划，也有紧急情况下的临时行政措施；从名称上看，既有实行某项行政管理措施或禁止某项行为的通告，也有就实施某类行政管理措施或取消某些行政管理事项的通知；既有推行某项改革制度的实施意见，也有针对管理相对人的具有普遍约束力问题的批复。

这些规范性文件从内容上看，属于贯彻实施法律、法规、规章方面的规范性文件仍占较大比例，属于外部管理的规范仍然占绝大多数。各级人民政府、县级以上各级政府部门发布规范性文件的数量有所差别，不同地方政府和部门发布的规范性文件数量差别也较大。从现状来看，目前我国的行政规范性文件在国家管理的各个层面，客观上也发挥着重要作用。

（三）当前行政规范性文件存在的主要问题

从调查的情况和近年来各地方备案审查工作情况看，当前规范性文件在内容上主要存在以下几个方面的问题：

1. 越权规定应当由法律、法规或规章以及上级行政机关规定的事项。有些规范性文件在执行法律、法规和规章以及上级机关规范性文件内容时，未考虑本级机关的权限，盲目照抄原文件的内容，导致越权。如在规定招商引资方面的优惠政策时，或者在税收方面给予减免，或在国有土地使用权出让、转让方面违反国家法律规定逃避有关审批手续，擅自越权批地，甚至有极个别地方竟然规定对外商投资企业汽车交通违章行为可以不进行处罚。

2. 实行地区封锁、限制或歧视外地产品和企业。如某市政府发布文件规定，本地奶源不得销售到外地。某省政府部门规定外省建筑队伍进入本省施工必须到省建设主管部门备案，否则不得施工。

3. 进行行业垄断，保护行业产品，指定商品或服务。如有些地方政府工程建设主管部门规定限制外行业施工队伍进行投标，或者对外行业施工队伍进行资格审定，或者变相增加本行业施工队伍参加评标时的分值。

4. 增设或变相设置行政审批、许可，违法设立收费、基金、集资、摊派，规定行政处罚、行政强制措施。这类问题是地方规范性文件中普遍存在的，也是群众反映最强烈的问题。如某市《房地产建设收费管理办法》中违法规定了"自来水增容费"、"煤气增容费"、"热力增容费"三项不合理收费。某市区政府发文规定所有的国家机关和事业单位工作人员必须集资数千元作为本地养牛基金。某市在国家已经明令取消"煤炭机械化和科技发展基金"的情况下，仍发文继续征收。在防治"非典"时期，某市一个区政府出台了《公共场所卫生监督管理实施办法》，其中增加了三项上位法规定之外的行政处罚行为，并设定了警告、罚款、停业整顿、吊销卫生许可证的处罚。

5. 规定的执法主体职责交叉，改变或增加执法主体，增设检查站点，聘用临时执法人员。

6. 增加行政执法程序，增加管理相对人负担，或者减少法定程序，缺乏公开和透明。

7. 涉及重大公共决策的规范性文件缺乏民主参与和专家论证。

产生上述问题，主要有以下几方面原因：

1. 在制定主体方面，除各级政府和政府所属工作部门外，还存在行政机关内设机构、办事机构、临时机构、事业单位、群众团体、街道办事处、村民委员会，都制定有关行政管理的规范性文件的情况。在有规范性文件制定权的行政机关发布的规范性文件中也存在有制定权的机关与无制定权的机关联合发文、行政机关与地方党委联合发文等问题。

2. 在制定程序方面，规范性文件制定工作缺乏计划性、科学性，随意性较大，临时性、应急性、任务性的文件较多，特别是一些重要的行政管理规范，涉及管理相对人重大利益的规范缺乏必要的制定前的研究论证；在规范性文件起草工作中基本上由管理部门起草，部门利益、局

76

部利益痕迹较重；在规范性文件的审查方面缺乏法制机构的统一审查把关，虽然一些地方开始逐渐建立统一审查制度，但仍有相当多的地方和部门，特别是部门起草的文件很少经其法制机构（许多部门根本不设法制机构）审核；规范性文件审议通过程序缺乏，往往由政府领导或部门领导（更多的是分管领导）签字就可以发布，很少通过有关会议集体讨论。

3. 在制定过程中，民主参与不够，透明度不高，起草部门调查研究不深入，征求意见不全面，听取公众意见不充分，特别是听取管理相对人的意见不够，有关专家学者参与研究论证不够。制定涉及行政审批、登记、年检、年审、检查、颁发资质证书、收费、集资、摊派以及行政强制措施等与公民、法人及其他组织切身利益关系密切的规范性文件，未能充分体现利害关系人的意见。有的文件在赋予一部分人利益时却无与之对应的义务要求。

4. 在公布形式方面比较随意，多数采取"红头文件"形式下发，不对社会公布，有的是市政府文件，有的是市政府办公室的文件，有的是通知，有的是批复，缺乏统一向社会公布的文号和形式。有些对下级机关的具体处理事宜，影响公民、法人及其他组织的利益，单纯内部行文妨碍了公众对政府行为的监督。大部分规范性文件一般当日发布，当日即生效，公众既未获得告知，更无法预测行为的后果。

5. 在制定技术方面，照抄照搬较普遍，与上位法重复的内容较多，规范性文件内容不够简洁，操作性不强，文字表述的准确性、逻辑性有待提高。

6. 规范性文件清理工作滞后。由于清理工作迟滞，有些规范性文件或重复或自相矛盾或与上位法相抵触，或不适应经济社会发展的要求，在有关法规汇编中将已经失效或修改的规范性文件收入。

7. 对规范性文件的监督不力，制而不备、备而不审、审而不纠，一些监督制度形同虚设。

这些问题的存在，严重影响了社会主义法制的统一和政令畅通，妨碍了国家法律法规的正确实施，侵害了公民、法人和其他组织的合法权益，损害了党和政府在人民群众中的形象。因此，建立健全市县政府规范性文件监督管理制度，对于督促市县政府全面履行法定职责，推进市县政府依法行政，意义重大，十分迫切。

三、《决定》关于健全规范性文件监督管理制度的主要内容

针对市县政府规范性文件存在的普遍性问题，《决定》从严格规范性文件制定权限和发布程序，完善规范性文件备案制度，建立规范性文件定期清理制度三个方面做出了规定。总体考虑是从制定环节和事后监督环节加强规范性文件的监督管理，要求市县政府必须建立规范性文件制定和发布制度、规范性文件定期清理制度、规范性文件备案制度、公民提请审查规范性文件处理制度。

（一）规范性文件制定和发布制度

1. 制定规范性文件的指导思想和主要原则。

制定规范性文件是市县政府及其部门履行职责，管理社会公共事务的一个重要手段和方式。制定规范性文件应当遵守宪法、法律、行政法规、地方性法规和规章的规定，维护社会主义法制的统一和尊严，科学规范行政行为，促进行政机关履行职责和政府职能向经济调节、社会管理、公共服务转变，体现行政机关的职权与责任相统一，切实保障管理相对人的合法权益，提高行政效率，促进依法行政。制定规范性文件，应当遵循以下主要原则：

（1）合法性原则。制定规范性文件必须确保制定主体合法、制定权限合法、制定程序合法、制定内容合法、发布形式合法。

（2）合理性原则。在确保合法性的前提下，制定规范性文件还必须以维护最广大人民群众根本利益为出发点和落脚点，规定的制度和措施要符合经济社会发展要求，符合社会公德和公众价值标准，在维护公共利益的同时，要保证所采取的管理手段和方式尽量小地影响管理相对人的合法权益。

（3）公平、公正、公开原则。制定规范性文件要保证不同利益主体权利义务关系的平衡，在制度面前不允许有特权，也不得对不同人群实行歧视待遇；规定公民、法人和其他组织履行义务的同时，应当规定其相应的权利和保障权利的途径，实现权利和义务相统一；在赋予有关行政机关必要职权的同时，应当规定其行使职权的条件、程序，以及不行使职权、不适当行使职权时必须承担的责任，即做到规定的权力和责任相对应、相对等；制定规范性文件应当采取一定方式让公众参与，听取公众特别是有关利害关系人的意见、建议；已制定的规范性文件应当向社会公布，让公众知晓。

（4）效率原则。制定规范性文件必须注重投入和产出，要讲求成本和效益。对文件确定的行政管理措施要进行必要的成本－效益测算和分析，即实施有关制度、采取有关措施需要多大行政成本，可能对社会产生什么样的影响，应当有一个初步的预测，以选择最佳操作方案，以获得较好的经济效益和社会效果。制定规范性文件既要考虑制订成本也要考虑实施成本。

2. 规范性文件的制定主体。

根据宪法、有关组织法的规定，各级人民政府，县级以上人民政府所属部门有权根据宪法、法律、法规和上级行政机关的决定、命令规定行政措施，发布决定和命令。据此，市级人民政府、市级人民政府所属工作部门、县级人民政府、县级人民政府所属工作部门以及乡镇人民政府是法定的制定规范性文件的主体。同时，根据有关单行法律、法规的授权，市县级人民政府的一些具有社会管理职能的组织也有权制定规范性文件，属于规范性文件制定主体。但是，市县行政机关内部处室等内设机构，各类领导小组等议事协调机构，各类指挥部等临时机构，不具有行政管理权的企事业单位和社会团体，受委托行使行政管理权的事业组织，都不具有规范性文件制定主体资格，不得发布规范性文件。

3. 规范性文件的制定权限。

所谓规范性文件的制定权限是指哪一级规范性文件有权规定什么内容，哪些内容不能规定。根据《决定》的规定，市县政府及其部门制定规范性文件要把握以下几点：第一，规范性文件的内容必须符合制定主体的权限，不得超越制定主体本身的权限规定有关管理内容。比如，涉及财政、税收、金融、海关、国有资产的监督与管理、国有资源的开发与利用等属于中央政府的事项，尚未制定法律、行政法规的，市县政府无权规定。已经有法律、行政法规但需要对法律、行政法规的有关规定进行细化的，也只能由国务院或者经国务院批准由国务院相关职能部门制定规范性文件。再如，一些法律明确规定某项许可、某项处罚只能由国务院部门实施或者省级政府有关部门实施，市县政府规范性文件不得规定由自己实施。第二，规范性文件的内容，不得与法律、法规、规章和上级行政机关规范性文件相抵触。比如，市县政府规范性文件不得违法创设行政许可、行政处罚、行政强制、行政收费等行政权力。第三，在没有法律、法规和规章规定的情况下，不得违法增加公民、法人或者其他组织的义务，不得限制公民、法人或者其他组织行使某项法定权利，不得增加或改变行政管理环节和法定程序。第四，规范性文件确立的制度和管理措施要符合行政管理体制改革、转变政府职能的要求，应当由市场主体去解决或者通过中介组织、行业自律能够解决的事项，不应纳入行政管理的范畴。

4. 规范性文件的制定程序。

《纲要》颁布以来，各省、自治区、直辖市人民政府在总结规范性文件监督管理经验的基础上，参照《行政法规制定程序条例》和《规章制定程序条例》，出台了规范性文件制定程序方面的政府规章。归纳这些规章的规定，制定规范性文件主要有以下几个程序：

（1）立项。立项是制定规范性文件的起始环节，是统筹安排规范性文件制定工作的重要手段，对于克服制定工作中的随意性，保证制定工作有步骤、有组织、有计划进行，具有重要意义。立项程序应当有以下几个环节：第一，市县政府所属部门认为需要由政府制定规范性文件的，应当向本级人民政府报请立项。有关公民、法人或者其他组织提出制定规范性文件建议的，有关部门也应当认真研究，确需制定规范性文件的，也应当向政府报请立项。第二，立项申请应当对制定规范性文件的必要性、所要解决的主要问题、拟确立的主要制度、可能达到的预期目标、以及依据的上位法等做出说明。第三，政府法制部门应当对制定规范性文件的立项申请进行汇总研究，拟订年度规范性文件制定工作计划，报本级政府批准后执行。第四，年度规范性文件制定工作计划在执行中，可以根据实际情况予以调整。这一环节的重点是对制定规范性文件的必要性、可行性进行研究论证，防止重复照搬。

（2）起草。起草作为规范性文件制定程序的重要环节，应当包括起草工作的总体要求、负责起草工作的主体、组织起草的方式、保障起草工作的措施、不同意见的协调处理等。一般情况下，市县政府的规范性文件由政府的一个或者几个部门具体负责起草；部门规范性文件由该部门所

82

属的一个或者几个内设机构负责起草，但是重要的、综合的、规范政府共同行为的规范性文件主要由政府法制机构起草，或者组织起草。起草环节的重点是征求意见，为此，《决定》规定，制定作为行政管理依据的规范性文件，应当采取多种形式广泛听取意见，未经听取意见的，不得发布实施；听取意见可以采取座谈会、论证会、听证会和公开向社会征求意见等形式；对于涉及本行政区域内重大问题或者直接涉及公民、法人和其他组织重大利益的规范性文件，必须向社会公开征求意见，或者公布规范性文件草案，或者组织听证会听取各方面意见，特别是不同意见。

（3）审查。审查是确保规范性文件合法有效的重要措施。规范性文件送审稿应当由制定机关从事法制工作的机构或者人员统一进行审查，审查的重点是合法性。为此，《决定》要求，规范性文件未经合法性审查的，不得发布实施。统一由法制机构进行审查有利于保证规范性文件内容的合法性，可以避免规范性文件与法律、法规、规章以及上级机关的规范性文件相抵触，也有利于从法制角度协调相关部门的争议，充分发挥法制机构作为规范性文件制定机关领导在法制工作方面的参谋和助手作用。审查作为规范性文件制定程序的重要环节，应当包括审查主体、审查事项、保障审查工作的措施、对审查中发现的问题进行处理的途径或者方法等。在审查中需要注意以下几点：第一，起草单位应当将规范性文件送审稿及其说明报送政府法制机构或者部门法制机构统一审查，其中说明应当包括起草的必要性和依据、工作过程、主要内容和理由等。第二，法制机构收到规范性文件送审稿后，应当严格进行审查，发现与法律、法规或者规章相抵触的，应当及时提出，并作出修改；认为发布规范性文件基本条件尚不成熟、规定的主要制度存在较大争议等规定情形的，可以缓办或者退回起草单位。第三，法制机构在审查工作中，应当广泛征求有关单位、管理相对人的意见；涉及重大问题的，应当召开座谈会、论证会听取意见。第四，审查机构应当对有关部门的不同意见进行协调；协调不成的，应当将有关问题和建议、意见上报规范性文件制定机关领导决定。第五，法制机构审查工作结束后，应当向制定机关报送审查情况的报告。审查报告应当包括：是否具有制定规范性文件的必要性和可行性，是否超越制定机关的法定职权，是否符合制定规范性文件的基本原则和总体要求，是否与相关的规范性文件相衔接和协调，是否征求相关机关、组织和管理相对人的意见，是否对重大分歧意见进行协调及协调结果等。有关附件材料应当包括规范性文件送审稿、起草说明、征求意见的有关材料、起草所依据的法律、法规、规章以及其他政策文件等材料。

（4）决定。决定是规范性文件制定程序中最核心的环节，是形成规范性文件的实质内容以及影响规范性文件是否合法、合理的最关键步骤。对于采取何种方式决定，实践中有两种观点：一种观点认为，我国行政机关实行的是首长负责制，制定规范性文件属于行政机关的行为之一，只要经行政机关首长批准或者同意就符合首长负责制的要求，不一定必须经集体讨论和审议的形式决定；另一种观点认为，制定规范性文件属于抽象行政行为，是一种准立法活动，它在调整空间、时间和管理相对人的范围等方面与作出具体行政行为有本质的区别，一旦存在规范性文件违法或者失当等问题，后果比较严重，因此应当采用充分体现集体的意志，比如经政府全体会议或者常务会议审议的方式决定。《决定》采纳了后一种观点，规定：制定规范性文件必须由制定机关负责人集体讨论决定；未经集体讨论决定的，不得发布施行。集体讨论决定包括两个含义，一是集体决定，不是个人决定，也就是说规范性文件是否发布实施，必须由制定机关领导班子集体决定。二是必须通过讨论的形式决定，而不是书面圈批的方式，要通过会议进行讨论。这里的会议主要是两种，一个是政府常务会议，一个是政府全体会议。会议由政府主要负责人主持，起草或者审查机构进行说明，参会人员进行讨论，最后由主要负责人根据讨论情况做出决定。

（5）公布。采取一定形式向社会公布是规范性文件制定工作完结的重要标志。作为政府机关重要行政行为之一的规范性文件，应当采取特定的形式向社会公布，才能有利于管理相对人自觉遵守，有利于规范性文件的贯彻落实与执行，有利于保障管理相对人的合法权益。为此，《决定》规定，对涉及公民、法人或者其他组织合法权益的规范性文件，要通过政府公报、政府网站、新闻媒体等向社会公布；未经公布的规范性文件，不得作为行政管理的依据。关于规范性文件的公布程序，实践中应当掌握以下几点：第一，规范性文件是涉及公民、法人或者其他组织合法权益，具有普遍约束力的文件，凡是规范性文件，必须向社会公布；未经公布的，不得作为行政管理的依据，不具有法律效力。第二，公布规范性文件必须由制定机关行政首长签署。第三，公布规范性文件的公文应当采用统一的形式和文号，可以以政府令、部门令的形式，也可以单独编制仅供发布规范性文件使用的一种文号，以区别于政府的其他文件，也有利于社会公众辨别。第四，公布规范性文件的载体，应当属于本地有影响的、覆盖面较宽的报纸、刊物，一般是本地日报，政府公报等。同时，应当在当地电视台、电台发布消息，在政府网站、政府公告栏上全文登载，方便公众查阅下载。第五，公布的规范性文件涉及公众重大利益关系的，除不及时实施可能影响文件执行的外，可以在公布 15 日后或 30 日后生效，为实施工作留出准备的时间。

（6）解释、修改和废止。严格来说，解释、修改和废止都不是规范性文件制定程序的组成部分，而是对规范性文件进行完善的后续环节，但这些环节对于规范性文件的存续具有十分重要的影响。特别是修改规范性文件，有时与制定新的规范性文件并没有太大区别。因此，修改、废止规范性文件总体上应当参照规范性文件的制定程序执行。规范性文件的解释，一般是指对现行规范性文件条文的内容、含义以及规范性文件使用的概念、术语等所作的解答和说明，它应当是规范性文件制定机关的专属活动。对规范性文件进行解释，既是适用规范性文件、正确实施规范性文件的需要，也是适应客观事物发展变化、保持规范性文件稳定性的需要。规范性文件解释必须贯彻合法性原则、合理性原则。

（二）规范性文件备案制度

规范性文件备案制度是指规范性文件发布后向上级行政机关报送备案，接受上级机关审查，发现问题及时纠正的一种事后层级监督制度。《决定》规定："市县政府发布规范性文件后，应当自发布之日起15日内报上一级政府备案；市县政府部门发布规范性文件后，应当自发布之日起15日内报本级政府备案。备案机关对报备的规范性文件要严格审查，发现与法律、法规、规章和国家方针政策相抵触或者超越法定权限、违反制定程序的，要坚决予以纠正，切实维护法制统一和政令畅通。建立受理、处理公民、法人或者其他组织提出的审查规范性文件建议的制度，认真接受群众监督。"根据上述规定，市县政府建立和完善规范性文件备案制度应当重点把握以下几点：

1. 关于规范性文件的监督主体和监督机构的监督职责。

根据宪法及地方人大和人民政府组织法的规定，一般情况下，各级人民政府所属工作部门制发的规范性文件的监督主体是本级人民政府，地方各级人民政府制发的规范性文件的监督主体是其上一级人民政府。在市县政府依法行政工作中，乡镇人民政府和县级人民政府所属工作部门制发的规范性文件，一般情况下县级人民政府是监督主体，当县级人民政府没有实施监督或者实施的监督发生偏差等情况下，市级人民政府、省级人民政府和国务院也可以成为其监督主体。对于县级人民政府和市级人民政府所属工作部门制发的规范性文件，一般情况下市级人民政府或者行政公署是监督主体，市级人民政府或者行政公署没有实施监督或者实施的监督发生偏差等情况下，省级人民政府和国务院也可以成为其监督主体。

市县人民政府履行规范性文件监督职责主要包括以下五个方面：（1）依法行使法定权力，切实维护社会主义法制的统一和权威，保证法律、法规的正确实施和政令畅通，保障行政相对人的合法权益不受侵害。（2）建立和完善本行政区域内的规范性文件备案监督制度，及时向上级人民政府报告履行监督义务的情况，不断提高备案监督工作的科学化、规范化、制度化。（3）切实加强对所属工作部门、下级人民政府在规范性文件监督工作方面的领导和指导，以及本级政府法制机构的机构建设、人员配备和经费保障等。（4）以适当的方式及时处理与法律、法规、规章相抵触的规范性文件，该废止的予以废止，该修改的予以修改。（5）对于不履行和不适当履行报送备案义务的工作部门和下级人民政府、不履行和不适当履行备案管理和备案审查职责的法制机构，依法追究有关责任人的行政责任。

作为市县人民政府承担规范性文件监督具体工作的法制机构，应当履行备案管理和审查两方面的职责。依法对报送政府备案的规范性文件进行日常管理，具体体现为：（1）代表政府接受政府所属工作部门和下级人民政府报送备案的规范性文件；（2）规范、督促、指导规范性文件的具体报备工作；（3）建立和完善内部管理的日常工作制度，确保已备案规范性文件的安全、完整；（4）对不履行和不适当履行报送备案义务的工作部门和下级人民政府，依法向本级政府提出处理意见；（5）向本级政府报告规范性文件的报备情况和管理情况等。依法对报送政府备案的规范性文件进行审查，具体体现为：（1）组织有关部门、有关人员或者直接对报送备案的规范性文件进行审查；（2）对存在问题的规范性文件向本级政府提出处理意见；（3）根据政府的决定，督促和协助规范性文件制发机关修改或废止有问题的规范性文件；（4）协调政府工作部门和下级人民政府制发的规范性文件之间存在的矛盾，解决规范性文件适用上的"打架"问题；（5）建立和完善审查规范性文件的日常工作制度，确保备案审查全面、快捷、到位；（6）市级以上人民政府法制机构要指导下级政府法制机构对规范性文件的备案监督工作；（7）向本级政府报告规范性文件的备案审查情况、审查处理情况等。

当前，各市县政府法制机构从总体上看仍然存在职责任务与人员配备不相适应问题。因此市县政府应进一步加强法制机构建设和队伍建设，从组织上保证机构设置和人员配备同备案工作任务相适应，做到机构确定、人员确定、职责确定，努力培养政治素质好、专业知识强、工作作风硬、综合协调能力强的高素质专业人员，同时要充分利用科技手段，推进备案工作现代化建设，保障备案监督质量，提高备案工作效率。

2. 关于报送规范性文件备案的程序。

（1）关于报送备案义务主体。报送备案义务主体，即履行法定报送规范性文件备案义务的行政机关，实行"谁制定、谁报送备案"。据此，市县政府报送备案义务主体分为：市级人民政府所属各工作部门、县级人民政府、县级人民政府所属各工作部门、乡级人民政府四种。由于实践中存在着一定数量的两个或者两个以上的政府所属工作部门联合制发的规范性文件，对于这部分规范性文件，从避免重复备案和提高行政效率的角度，一般由主办机关报送备案。

（2）关于报送备案承办机构。报送规范性文件备案是制发机关必须完成的一项具体工作事项，必然需要有相应的机构、人员承办和具体操作。作为一项制度，从增强可操作性和有利于落实责任的角度考虑，应当对承办机构予以明确规定，根据宪法及地方人大和地方政府组织法，乡镇人民政府不设工作部门，但是也应当由专人负责此项工作。对于市县级政府及其所属工作部门，明确由其日常办事机构（办公室）或者专门办事机构（法制机构等）承担都可以。目前已经建立规范性文件备案制度的地方，绝大多数都规定由其法制机构具体承办。

（3）关于报送备案的内容和格式。从履行报备义务和便于审查的角度，备案监督机关除了要求报送规范性文件的文本外，还要求报送起草说明和备案报告，同时对报送数量、报送格式也往往有明确的要求。备案报告内容包括：备案文号、主送机关、正文、报送机关盖章、日期。正文的表述一般如下：××市政府：现将××年××月××日第××次常务会议讨论通过的《××》以及起草说明，一

90

式五份，报送备案。××县人民政府，××年××月××日。起草说明主要是对规范性文件所规范事项的法律依据，以及制发机关的起草过程、有关制度的规定等事项进行说明，以利于审查机关掌握规范性文件的起草情况。为了方便备案管理，报送的有关材料应当统一装订成册，一式五份。

（4）关于报送备案的方式。通常情况下，规范性文件报送备案的材料主要是纸介质文本，同时有条件的地方应当同时报送电子文本。纸介质文本主要是通过直接报送、邮政寄递、机要交换等方式。电子文本报备在条件具备时，应当开发专门的电子报备系统，通过网络报备。规范性文件纸介质报备和电子文本报备内容不一致时，以纸介质文本为准。报送备案的有关材料可以直接送接受备案机关的法制机构。

（5）关于报送备案的时限。《决定》要求规范性文件发布之日起30日内报送备案。一般情况下市县政府及其部门，包括乡镇政府，距离并不太远，报备时间可以缩短为15日或者10日。

3. 关于规范性文件备案审查程序。

（1）关于给予备案的确认及确认方式。备案监督机关对收到报送备案的规范性文件是否给予确认，以及对规范性文件的制发是否符合法定程序给予确认，不仅是十分必要的，而且具有十分重要的法律意义，特别是确认规范性文件的制发是否符合法定程序，将对规范性文件的法律地位和法律后果产生截然不同的影响。实践中，一些地方采取了对符合条件的备案文件先进行备案登记，然后定期公布已经备案的规范性文件目录的形式；一些地方则采取了"规范性文件报送备案后 30 日内没有接到备案处理决定或意见的，视为准予备案"的方式。不管采用哪种方式，接受备案的机关都应当对备案的规范性文件进行备案登记。备案登记具有以下特点：①规范性文件一经备案登记，表明报备义务机关履行完毕制发规范性文件的全部法定手续，已经开始接受审查监督；②是否进行备案登记不是规范性文件生效的必备的前提条件，但当规范性文件存在违反法定程序的情形时，备案监督机关不给予备案登记，同时应当按照法定程序宣布该规范性文件无效；③规范性文件已经备案登记的，并不意味着其实体内容没有违法问题。经备案登记的规范性文件目录应当定期反馈给报送备案机关并向社会公布。

（2）关于备案审查内容。备案审查内容，也可以称作备案审查事项，实际上也就是规范性文件备案监督内容。由于行政行为的合法要件分为行为主体合法、行为程序合法、行为内容合法三类，与此相对应，备案审查事项也就可以分为有关制发主体方面的事项、有关制发程序方面的事项和有关实体内容方面的事项。从现行法律制度对规范性文件制发程序的要求，以及能够对规范性文件的法律后果产生实质性影响的程序事项来看，需要对规范性文件进行审查的有关程序方面的事项主要包括审议决定形式、发布形式、施行时限、部门单独制发规范性文件的权限等。从现行法律制度对规范性文件规定内容的要求来看，需要

92

对规范性文件进行审查的实体方面的事项主要包括是否违反上位法或者上位规范性文件的规定、是否超越权限、规范性文件的规定是否适当、是否应当改变或者撤销规范性文件之间对同一事项不一致的规定等。

（3）关于备案审查的方式。备案审查方式是指备案审查机构实施审查行为的具体方法。备案审查的过程就是通过采取各种具体方法来判断、认定规范性文件是否合法或者是否适当的过程。从以往和目前对规范性文件进行备案审查的实践来看，备案审查方式可以有以下六种：一是向制发规范性文件的机关以外的行政机关、社会团体、企业事业组织、公民就整个规范性文件或者其中的有关规定征求意见；二是就规范性文件的有关规定进行专题调研；三是请规范性文件的制发机关就有关规定说明理由和背景；四是组织专家、学者、立法工作人员以及行政执法人员就有关规定进行论证；五是组织行政管理相对人就初步审查意见举行听证；六是将规范性文件交特定行政机关、科研机构、社会组织（如律师事务所）等协助审查。

（4）关于备案审查的时限。关于备案审查时限，《决定》没有做出具体要求。实践中，一些地方作了明确规定，有的规定为 60 日，有的规定为 30 日。为了强化备案审查监督责任，市县政府可以根据本地实际情况做出具体规定。

（5）关于备案审查的处理。根据规范性文件存在问题的不同，备案审查处理的方式可以有以下几种：①因规范性文件违反制发程序依法属于无效规范性文件的，监督机关应当宣布该规范性文件无效；制发机关也可以主动弥补程序上的缺陷或者改正程序后重新发布，同时废止原规范性文件。②应当联合制发规范性文件而单独制发的，属于超越职责范围，监督机关应当依法宣布该规范性文件无效；制发机关也可以自行宣布废止该规范性文件，或与有关机关联合修改该规范性文件后，重新发布、重新联合制发新规范性文件，同时废止原规范性文件。③规范性文件有关规定违反上位法或者上位规范性文件的，以及规范性文件的规定不适当的，制发机关应当先暂停执行有关规定或者该规范性文件。④规范性文件有关规定违反上位法或者上位规范性文件的，以及规范性文件的规定不适当的，履行备案审查职责的法制机构可以直接向规范性文件制发机关提出修改或者撤销有关规定或者废止规范性文件的建议，由制发机关自行修改或者撤销有关规定或者废止该规范性文件，并依法履行报送备案义务；法制机构也可以报经人民政府以监督机关的名义，或者批准法制机构责令制发机关自行修改或者撤销有关规定或者废止该规范性文件，制发机关完成修改、撤销或者废止程序后依法履行报送备案义务；法制机构也可以报经人民政府批准后以监督机关的名义直接改变或者撤销有关规定或者废止该规范性文件，并通知制发机关。

4. 关于公民提请审查处理制度。

《决定》专门对公民提请审查规范性文件的制度做出规定，体现了发挥公众参与监督规范性文件的精神。建立这一制度主要掌握以下两点：

（1）关于启动主体。任何公民、法人和其他组织认为

94

行政机关发布的规范性文件侵犯了自己的合法权益，或者认为规范性文件与法律、法规、规章和国家方针政策相抵触或者超越法定权限、违反制定程序的，都可向制发规范性文件的上级机关提出申请，要求进行审查。这里的启动主体并没有仅仅限定在受到规范性文件侵害的公民、法人或者其他组织，主要考虑是，这种制度是一种监督制度，并不是救济制度。凡是公众认为规范性文件有问题，都可以向上级机关反映，监督机关应当进行审查。

（2）关于审查处理方式和期限。收到公民、法人和其他组织提请审查规范性文件后，监督机关的法制机构应当及时进行审查。审查方式与备案审查的方式一样，可以听取制定机关意见，征求有关机关、组织的意见，必要时可以进行调查、论证等。对经审查发现的规范性文件存在的问题，按照备案审查的处理方式进行处理。不同的是，公民提请审查的，监督机关必须在审查处理后及时向提请人回复审查处理结果；即使经审查发现规范性文件不存在问题的，也要书面告知提请人。关于审查处理的期限，一般情况下，监督机关应当在收到提请审查材料之日起60日内将审查处理结果书面告知提请人。

5. 关于规范性文件的监督责任。

在规范性文件备案监督制度中，被监督机关及其工作人员不履行备案监督义务的行为主要有：（1）"制而不备"，即不报送规范性文件备案，包括故意不报送和非故意不报送。（2）不按时、不按要求报送规范性文件备案。（3）"错而不纠"，即不执行备案审查处理决定。（4）不按时、不按要求执行备案审查处理决定。监督机关及其行政公务人员不履行备案监督义务的行为主要有：（1）"备而不审"，即对报送备案的规范性文件不进行管理和审查。（2）对报送备案的规范性文件不按时、不按要求进行管理和审查。（3）"审而不究"，即对存在问题的规范性文件不作处理。（4）对存在问题的规范性文件不及时、不按法定要求作出处理。由于对规范性文件进行备案监督属于行政系统内部的管理和监督，在备案监督过程中不涉及任何有关人身和财产的法律关系，因此，对于违反法定职责的，应当适用行政机关行政处分法律责任的追究方式，给予责任人以行政处分。实践中，各地对于不履行监督职责的行为，基本上都规定了给予通报批评，情节严重的，给予行政机关负责人和直接责任人行政处分（警告、记过、记大过、降级、撤职、开除）。

6. 关于规范性文件备案工作的监督和指导。

为了保证规范性文件备案监督这项制度真正落到实处，不走样，作为监督机关的市县政府还需要对本级政府所属工作部门和下级政府规范性文件备案的日常工作进行监督和指导，建立和不断完善相关工作机制。比如，可以通过建立定期检查、不定期抽查、专项督查制度，减少以至杜绝制而不备以及其它规避备案监督的行为；通过建立备案情况统计报告制度，从宏观上掌握本行政区域规范性文件备案的总体情况；通过建立备案情况通报制度及时向备案义务机关反馈备案监督情况、沟通信息、交流经验，以达到指导备案监督工作的目的；在备案监督领域实现违法必究，等等。此外，在备案管理和备案审查的工作中，省级人民政府法制机构应当加强对市县政府规范性文件备案监督工作的指导。

（三）规范性文件定期清理制度

规范性文件清理是规范性文件监督管理中的重要环节。为了保证规范性文件与法律、法规、规章和国家有关政策相一致，确保规范性文件的执行力，规范性文件制定机关应当定期进行清理，发现与法律、法规、规章和国家有关政策相抵触的，应当及时进行修改或者废止；对于不符合管理实际，不适应经济发展需要的，应当及时予以废止。市县政府的规范性文件基本上属于执行法律、法规、规章和上级政府规范性文件的，上位法和有关政策变化，必然会涉及市县政府规范性文件的内容，因此，市县政府建立规范性文件定期清理制度更为必要和迫切。建立规范性文件定期清理制度需要把握以下几点：

1. 关于清理的主体。

规范性文件清理应当坚持"谁制定、谁清理"的原则，由制定机构组织清理，具体工作可以由法制机构承担。市县政府部门规范性文件的清理，可以由部门自行清理，也可以由市县政府组织进行清理。为了提高效率，保证清理工作的实际效果，市县政府应当建立统一清理、统一公布清理目录的制度。

2. 定期清理的时间。

规范性文件应当每年都进行清理，条件成熟的，可以建立日常清理机制。也就是说，只要新的法律、法规、规章或者上级规范性文件出台，或者法律、法规、规章和上级规范性文件修改、废止的，市县政府及其部门的规范性文件都应当及时进行清理，有不一致的，应当及时进行修改或者废止。考虑到规范性文件的数量比较多，每年都进行清理工作量很大，目前法制机构力量很有限，因此，《决定》规定每两年进行一次清理。但是，规定两年进行一次清理，不是说两年内不清理，而是只要发现规范性文件与法律、法规、规章和上级规范性文件相抵触的，必须先停止执行，不能把违法的规范性文件作为执法或者管理的依据。规范性文件清理制度的目的是建立长效的日常清理机制，保障现行的规范性文件合法有效。因此，建议在第一次清理规范性文件时，把本机关所有规范性文件都进行一次彻底清理，清理结束后，把现行有效和废止的规范性文件目录整理成册，向社会公布。同时，建立现行有效规范性文件目录和文本的档案，包括电子版本档案，为今后日常清理打好基础。第一次清理达到摸清底数、建立档案的目标后，下一次清理就可以省去很多时间和精力。当然，也不排除市县政府根据国务院、省级政府的部署开展专项清理活动。

3. 清理的范围和内容。

规范性文件清理的范围应当是制定机关过去制定的，目前还在实施或者生效的所有规范性文件。对于地方党委与地方政府联合发布的文件，建议也进行清理，清理过程中发现存在问题、需要修改或者废止的，应当与地方党委沟通汇报，向地方党委提出进行修改或者废止的建议。两个以上部门联合发布的规范性文件，由牵头部门进行清理，征求发文单位意见后，共同研究是否进行修改或者废止。

清理的内容包括文件的合法性、合理性和协调性。合法性主要是看规范性文件是否与法律、法规、规章以及上级机关规范性文件相抵触，是否越权，是否规定了法律、法规、规章禁止规定的内容。比如，是否设定了行政许可或行政处罚，是否违法规定集资、收费等内容，是否越权规定优惠政策，是否存在地方封锁、限制或者歧视外地产品问题，是否改变法定执法程序等。合理性主要是看规范性文件是否适应当前和今后经济社会发展要求，规定的措施是否有利于法律法规的实施，是否有利于维护最广大人民群众的根本利益，是否符合当地实际情况和人民群众的普遍承受力等。协调性主要是看规范性文件的规定是否相互矛盾，是否有部门职责交叉，是否存在文件之间"打架"问题等。

4. 清理的步骤和方法。

清理规范性文件，第一，要成立专门清理组织，可以成立由政府有关领导任组长的清理工作领导小组，政府办公室、法制办等部门参加；第二，要制定具体清理工作方案，明确清理范围、清理内容、清理人员分工、清理时限、清理方式、清理要求、清理经费等工作事项；第三，梳理现行有效所有规范性文件目录，按照文件内容由不同部门分工进行初步清理；第四，汇总清理初步结果，对发现问题的文件进行进一步审查，逐一研究是否存在需要修改和废止的情形；第五，列出需要修改和废止的目录，列明修改和废止的理由，提交政府有关会议审议；第六，经政府有关会议集体讨论后，作出清理结果的决定。

5. 清理结果的公布。

经政府有关会议决定清理结果后，应当在政府公报、政府网站，以及当地报刊、电视等媒体上公布废止的规范性文件目录。对需要修改的规范性文件也应当公布目录，同时宣布暂停原文件有关规定的执行，待新修改的文件发布后再重新执行。对于拟修改的规范性文件，制定机关要限期进行修改。市县政府在整个清理工作结束后，要重新编制现行有效的规范性文件目录，在公布废止目录的同时，一并公布现行有效的规范性文件目录。

为了确保规范性文件清理工作制度化、常态化，市县政府应当制定清理工作的办法或规则，完善规范性文件日常管理制度，建立规范性文件电子查询系统，每年年底公布一次现行有效规范性文件目录，供社会公众和执法机关免费查询下载。

第五章　严格行政执法

　　法律的生命在于实施。党的十七大报告指出，要"加强宪法和法律实施，坚持公民在法律面前一律平等，维护社会公平正义，维护社会主义法制的统一、尊严和权威"。这对法律实施提出了新的更高要求。在我国，行政执法是法律实施机制中重要的一环，据不完全统计，约80%的法律、90%的地方性法规和全部行政法规、规章都需要行政机关贯彻执行。行政执法是行政机关最大量、最经常的管理活动，直接涉及公民、法人和其他组织的权利和义务，是依法行政、建设法治政府中至关重要的内容。据此，《决定》专门对"严格行政执法"作出了规定。

一、行政执法的概念、特征和种类

　　关于什么是行政执法，有各种理论和观点。有的将行政执法等同于行政行为，包括行政决策行为、行政立法行为以及执行法律和实施国家行政管理的行政执行行为。有的认为，行政执法是指行政主体实施宪法、法律、行政法规、地方性法规、自治条例和单行条例、规章等法律规范的行为。有的认为，行政执法是行政行为的一部分，是指行政机关依法采取的、具体的直接影响相对一方权利义务的行为或者对个人、组织的权利义务的行使和履行情况进行监督检查的行为。这些观点都是从不同角度对行政行为的概括。从我国依法行政理论体系的基本架构来看，我们认为行政执法是指行政机关及其行政执法人员为实现国家行政管理目的，依照法定职权和法定程序，执行法律、法规和规章，直接对特定的相对人和特定的行政事务采取措施并影响相对人权利义务的行为。

行政执法具有以下主要特征：

1. 行政执法的主体是行政主体，即负有法定职责的行政机关和法律、法规授权的组织。这是行政执法与公众守法、法院司法这两种法律实施机制的主要区别。从我国宪法的有关规定看，行政机关是指作为各级国家权力机关的执行机关的整体，即政府及其所属部门。凡是法律、法规和规章规定可以履行一定行政执法职权的行政机关，都具有行政执法主体资格。由行政机关来行使行政执法权是一个基本原则，特殊情况下也存在法律、法规授权某些具有管理公共事务的组织在特定范围内行使特定行政执法权的情形，这些法律、法规授权的组织在行使行政执法权时地位与行政机关相同，适用法律、法规和规章中有关行政机关的规定。

2. 行政执法的内容是将法律、法规、规章确立的普遍性的准则、规范适用于特定的相对人和行政事务，将公民、法人或者其他组织的权利义务由"应然"变为"实然"的过程。这是行政执法与行政立法的主要区别。

3. 行政执法是行政机关履行行政管理职能，对经济社会生活中的社会关系进行直接调整，影响公民、法人或者其他组织权利义务的具体行政行为。这是行政执法与行政监督、行政复议的主要区别。

根据不同的标准，行政执法可以区分为不同的种类和形式。例如，以中央和地方执法权的分配为标准，行政执法可分为中央行政执法和地方行政执法；以行政执法涉及的事项和领域为标准，行政执法可分为公安行政执法、财政行政执法、农业行政执法、工业行政执法、教科文卫行政执法、交通行政执法、海关行政执法、税务行政执法、工商行政执法、质监行政执法、劳动行政执法等等；以行政执法的内容和性质为标准，行政执法可分为行政处罚、行政许可、行政强制、行政征收、行政给付、行政裁决等。

二、市县行政机关严格行政执法的必要性

《决定》将"严格行政执法"作为加强市县政府依法行政的一项重要内容，主要基于三方面考虑：

一是市县行政机关严格行政执法是全面推进依法行政、加快建设法治政府的必然要求。改革开放30年来，我国立法工作取得了重要进展，中国特色社会主义法律体系已经初步形成，经济社会生活各方面基本做到了有法可依，在这种情况下，法律实施尤其是行政执法的重要性日益凸显，已经成为依法行政的关键所在，社会各界对此高度关注。而从行政执法权的纵向配置来看，行政执法主要是地方尤其是市县行政机关的职能范畴，同时，在地方尤其是

市县行政机关的职能配置中，行政执法又是其中最主要的一项行政职能。① 因此，市县行政机关行政执法能否切实做到依法，直接决定着一个国家依法行政的整体水平和整体进程，是判断和评价一个政府是否依法行政的重要标尺。在我国全面推进依法行政、加快建设法治政府的历史进程中，市县行政机关严格执法扮演着至关重要的角色。

二是市县行政机关严格行政执法是市县政府履行好自身承担各项任务使命的必然要求。市县政府处在政府工作的第一线，直接面对广大人民群众，直接面对各种利益关系和社会矛盾，是国家法律法规规章和方针、政策在地方的主要贯彻者。只有市县行政机关严格行政执法，才能确保来自人民的权力真正为人民服务，确保各项制度得到良好施行，实现好、维护好、发展好最广大人民群众的根本利益，更好地巩固党的执政基础；才能把体现科学发展要求的法律制度落实到基层，贯穿于政府工作的各个环节，保障经济社会又好又快发展；才能平衡好各种利益关系，规范和约束行政权力，从源头上预防和减少各种矛盾纠纷的发生，并通过法定途径及时有效地予以化解，维护社会

---

① 《中华人民共和国宪法》第 107 条第 1 款规定，县级以上地方各级人民政府依照法律规定的权限，管理本行政区域内的经济、教育、科学、文化、卫生、体育事业、城乡建设事业和财政、民政、公安、民族事务、司法行政、监察、计划生育等行政工作，发布决定和命令，任免、培训、考核和奖惩行政工作人员。

稳定，实现社会和谐。因此，市县行政机关严格行政执法，事关巩固党的执政基础、深入贯彻落实科学发展观以及构建社会主义和谐社会的大局，必须作为一项基础性工作认真抓好抓实。

三是市县行政机关严格行政执法是切实解决当前行政执法中存在各种问题的必然要求。近些年来，我国在行政执法方面做了大量的工作，行政执法行为得到初步规范，行政执法效能不断提高，在维护经济社会秩序、保护人民群众合法权益方面发挥了重要作用。但同时，行政执法尤其是市县行政机关行政执法仍然是我国法律运行结构中相对薄弱的环节，与依法行政、建设法治政府的要求相比还有不小差距，存在着许多亟待解决的问题，主要表现在：(1) 行政执法体制尚未理顺，多头执法、重复执法、交叉执法、执法力量分散的现象比较普遍。行政执法权在横向上交叉较为严重，部门之间职责不清，在纵向划分上不明确，上下级行政机关执法重叠现象较为严重。这种职责交叉往往造成行政执法机关有利就争、无利就推，责任不明确，执法效率低下。(2) 行政执法主体不合法、执法主体混乱的情况还不同程度存在。实践中，在某些地方和领域，没有合法依据而行使行政执法权的现象比较突出，严重损害了行政执法的严肃性和权威性。(3) 行政执法随意性大。有的行政执法人员不严格履行法定职责，敷衍塞责，滥用行政裁量权，任意简化行政执法程序，甚至徇私枉法、徇情枉法、以权谋私。(4) 行政执法财政保障不到位，"罚缴分离"、"收支两条线"制度执行不严格，执法与利益挂钩、执法趋利、行政议价等问题尚未得到根本解决。在一些地方，市县政府部门20%的支出要靠罚没收入解决，有的部门这一比例甚至高达40%。（5）行政执法权与责任脱节，对行政执法缺乏必要的监督制约。现行行政执法体制中的机关和个人，一般只有政治责任，而无法律责任；在法律责任中，一般只有机关责任，而无个人责任；在个人责任中，一般只有普通工作人员的责任，而无领导人员的责任。而在所有责任中，原则性要求多，具体规则少；一般性说教多，动真格的少。① （6）一些基层行政执法人员素质不高。部分市县行政执法人员不具备行政执法所必需的文化素质、道德素质和法律素质，也没有经过严格系统的培训考核就上岗执法，执法水平低、执法不文明、执法态度野蛮粗暴。解决上述问题，需要我们从健全体制、制度、机制入手，大力推进市县行政机关严格行政执法。针对这些突出问题，《决定》在严格执法方面就改革行政执法体制、完善行政执法经费保障机制、规范行政执法行为、加强行政执法队伍建设和强化行政执法责任追究作出了具体要求。

三、改革行政执法体制

　　行政执法体制涉及行政执法机关的设立、职责的界定以及行政执法权的取得、分配和运作，是行政管理体制中

---

① 汪永清：《对改革现行行政执法体制的几点思考》，载《中国法学》2000年第1期。

一项重要内容。如何适应依法治国、依法行政的要求，进一步深化行政执法体制改革，加快建立权责明确、行为规范、监督有效、保障有力，符合社会主义市场经济发展要求的行政执法体制，是我国当前法治政府建设面临的一项重要任务。

我国现行行政执法体制的基本特点是：条块结合、以块为主；各自为战、分散执法；各部门在本系统内自上而下设置行政执法机构。这一行政执法体制是历史上形成的，在一定时期内有其存在的合理性。改革开放初期，当时主要解决的是计划经济条件下行政管理权高度集中的问题，因此放权成为行政改革的主流。在行政系统内部，就是要把一级政府集中控制的各种行政管理权交给所属各职能部门，不同的事项也尽量要交给不同的政府机构去管理，力图避免一个机构说了算的情形。但在管理权限划分上，当时并没有完全走出计划经济的思维模式，往往按照社会事务的类别和公共产品的类型来设立管理权及相应的机构。这种思维模式又深深地影响了初始阶段的行政法制建设工作，一事立一法，一法设一权、一权建一队的做法相当普遍。① 在改革开放初期，这种执法体制对于突破政府管理的传统模式，对于社会主义法制建设和政府管理权威性的提高的确发挥了积极作用，在经济、社会活动相对简单时其弊端并不明显，

---

① 曾峻：《相对集中行政处罚权与中国行政执法体制的改革：以城市管理为例》，载《政治学研究》2003 年第 4 期。

而伴随着社会主义市场经济的建立和改革的不断深化，我国经济社会飞速发展，对行政管理特别是行政执法不断提出了新的更高要求，在这种情况下传统的行政执法体制的弊端不断暴露。

具体表现在以下几个方面：

1. 行政执法权横向上过于分散。根据宪法和地方各级人民代表大会和地方各级人民政府组织法的规定，各级人民政府是各级国家机关，享有并行使国家行政权力，但实际上政府的执法权力都分散到政府的各部门手中，造成执法队伍过多、过滥，多数市一级执法队伍都在100个左右。老百姓把这种状况称作"几十顶大盖帽，管着一顶破草帽"。

2. 执法权力缺乏必要分解，执法"一条龙"。同一系统上下级执法机关之间执法职能、任务"一般粗"，同一个违法行为，上至国务院的部门，下至行为发生地的最基层行政执法机关都可以查处，造成上下级执法机关或者相互打架、或者互相推诿、或者划地为牢。同时，不少行政执法机关存在自己定规矩自己执行，自己作出收费、罚款决定自己又收缴费款、罚款而且自己管理、自己支配等"一条龙"现象。这在很大程度上加剧了行政执法的趋利特性。

3. 职权重叠、职责交叉问题严重。由于行政执法涉及部门较多，既横向分条，又纵向分层，相互之间自成系统，互不隶属，职责界限又不清，因此对于同样一个违法行为，有时出现两支或者两支以上行政执法队伍都可以管的现象。有利可图时则大家"积极有为",争抢执法权,无利可图时则大家"消极无为",相互推诿或者放任不管,致使行政责任无法落实。行政执法行为的严肃性、行政执法目标的公共性被部分行政执法部门的逐利冲动所左右,行政执法这种公共权力被异化为执法部门可自由支配的特权。

4. 行政管理分工过细,专业执法职能狭窄,导致执法成本不断攀升,执法质量不断下降。由于编制、经费有限,虽然整体而言行政执法人员总量上并不少,但行政执法队伍数量过多,单个专业执法队伍数量过少,有的甚至只有二、三人或者四、五人,由此造成执法力量分散,覆盖面小,执法部门内耗和行政管理资源浪费严重,行政执法力度弱,效率低下,很难开展经常性执法,只能搞一些突击式、运动式的检查、整治,行政执法效果不理想。

针对上述情况,结合新形势新任务的要求,《纲要》提出要深化行政执法体制改革,理顺行政执法体制,《决定》在"严格行政执法"部分明确提出要"改革行政执法体制"。

改革行政执法体制对于适应经济体制改革和发展的要求,促进经济社会的发展,解决行政执法中存在的多头执法、重复执法、交叉执法等突出问题,维护正常的市场经济秩序,改善投资环境,具有重要意义。改革行政执法体制也是合理划分行政职责,推进行政组织科学化、法制化的重要举措,对于明晰行政执法机关的权责边界,消除执法交叉、执法趋利的寄生土壤，维护行政执法的公共性，强化行政机关法定职责，督促其积极依法行政具有重要作用。同时，行政执法体制改革也是提高政府管理水平和能力的必然要求。通过行政执法体制改革，可以加快解决行政管理中存在的体制性障碍和行政执法中的突出问题，提高行政执法效能，降低行政执法成本，改善行政执法效果，切实加强政府自身建设，努力提高行政机关管理经济社会事务的能力和水平。

《决定》关于行政执法体制改革的主要措施：

1. 适当下移行政执法重心。

行政执法重心下移是指在不违反相关法律法规规章规定的情况下，根据各层级行政机关行政管理职能内容上的差异，在行政系统内部重新配置行政执法权，将更多的一线行政执法权交给低层级的行政机关来行使，尤其是对与人民群众日常生活、生产直接相关的行政执法活动，应当主要由市、县两级行政执法机关实施。

行政执法重心下移是行政执法体制在纵向上进行改革的一个重要方向。《纲要》对此已经提出了明确要求。从各层级行政机关行政管理目标的差异和我国当前行政系统内部行政执法权配置的实际情况来看，主要应当做的工作是适当下放行政执法权限。对于与人民群众日常生产、生活密切联系的市场监管、执法检查、行政处罚等行政执法活动，可以将执法权逐步下放给市县行政机关来行使。省级行政机关逐渐减少对具体事务的管理，将工作重点逐渐转移到规划长远、研究政策、监督指导、组织协调、重大违法案件查处、督促制度和政策的落实上来，并承担划分省以下行政机关执法权限的职能。

执法重心下移是行政执法体制改革的一项重要内容，本身也应当依法进行。从实践情况看，主要可以采取三种方式实现：一是确权。即对于法律、法规规定县级以上地方各级人民政府均享有行政执法权的事项，上级行政机关根据一定的标准和原则，通过一定方式明确由下级行政机关行使一定范围内的行政执法权限，自身不再行使。二是法规授权。即拥有立法权的地方人大及其常委会根据本行政区域的具体情况和实际需要，在不同宪法、法律、行政法规相抵触的前提下，制定地方性法规，授权低层级行政机关行使一定范围内的行政执法权。三是依法委托。即上级行政机关根据有关法律、法规或者规章的规定，将一定范围内的行政执法权委托给下级行政机关行使，在准确界定委托执法对象、领域、范围并进行规范监督的基础上，承担委托执法的后果。例如许多地方反映，乡镇政府有责无权现象明显，上级政府及其部门有许多行政任务需要乡镇落实，如安全管理、环境整治、拆除违章建筑等，但是法律、法规授予乡镇的执法权却很少，为了解决乡镇政府原有职能和职责、工作格局与新形势、新任务不相适应的问题，实践中有些地方通过依法委托的方式将某些执法权交由乡镇政府行使。①

---

① 例如，《湖南省行政程序规定》第61条第2款规定，县级人民政府工作部门在必要时，可以委托乡镇人民政府实施行政执法，具体办法由省人民政府另行制定。

当然，必须注意的是，行政执法重心下移是行政执法体制改革的一项一般性原则，应当以不违反法律相关规定为前提。如果法律、法规和规章对上下级行政机关的职权划分有明确规定的，则应当依照其规定行使行政执法权，不能任意改变行政执法权的法定权属，尤其是不能将依法应当由自己完成的职责直接或者变相压给下级行政机关。

2. 推进相对集中处罚权和综合行政执法试点。

相对集中行政处罚权，是指按照法定程序，经有权机关决定，将若干行政机关的行政处罚权集中起来，交由一个行政机关统一行使并承担相应的法律责任，有关行政机关不再行使已经统一由一个行政机关行使的行政处罚权的一项制度，这是我国行政处罚法确立的一项重要制度。① 综合行政执法是在相对集中行政处罚权基础上对执法工作的改革，它不仅将日常管理、监督检查和实施处罚等职能进一步综合起来，而且据此对政府有关部门的职责权限、机构设置、人员编制进行相应调整，从体制上、源头上改革和创新行政执法体系，解决执法工作中存在的许多弊病，进一步深化行政管理体制改革。相对集中行政处罚权和综合行政执法，都是解决多头执法、重复执法、执法扰民和

---

① 该法第16条规定："国务院或者经国务院授权的省、自治区、直辖市人民政府可以决定一个行政机关行使有关行政机关的行政处罚权，但限制人身自由的行政处罚权只能由公安机关行使。"这是我国第一次以法律的形式对相对集中行政处罚权制度作出规定。

执法队伍膨胀等问题的重要举措，也都是深化行政管理体制改革、推动行政执法体制创新的重要内容。搞好相对集中行政处罚权和综合执法试点工作，对于提高行政执法效能，维护社会经济秩序，保障和促进社会生产力的发展具有重要意义。

（1）基本情况

对于相对集中行政处罚权和综合行政执法试点工作，国务院十分重视。1996年4月15日发布的《国务院关于贯彻实施〈中华人民共和国行政处罚法〉的通知》中明确要求，"各省、自治区、直辖市人民政府要认真做好相对集中行政处罚权的试点工作，结合本地方实际提出调整行政处罚权的意见，报国务院批准后施行；国务院各部门要认真研究适应社会主义市场经济要求的行政执法体制，支持省、自治区、直辖市人民政府做好相对集中行政处罚权工作"。1999年11月8日发布的《国务院关于全面推进依法行政的决定》再次强调，要依照行政处罚法的规定，继续积极推进相对集中行政处罚权的试点工作，并在总结试点经验的基础上，扩大试点范围。2000年《国务院办公厅关于继续做好相对集中行政处罚权试点工作的通知》（国办发〔2000〕63号）和2002年《国务院关于进一步推进相对集中行政处罚权工作的决定》（国发〔2002〕17号）则进一步对相对集中行政处罚权的意义、原则、工作思路、工作要求等进行了明确，为相对集中行政处罚权的顺利实施提供了可靠的指导和保障。2002年10月，国务院办公厅转发了《中央编办〈关于清理整顿行政执法队伍实行综合行政执法试点工作意见〉》（国办发〔2002〕56号），明确了开展综合行政执法试点工作的指导思想、原则和基本内容，并作出了具体部署。

根据中央的统一部署和要求，各地积极开展相对集中行政处罚权工作，探索综合执法试点。据统计，到2008年6月底，除经国务院批准的82个开展相对集中行政处罚权工作的城市外，还有190个市级政府和804个县级政府开展了相对集中行政处罚权工作，183个市级政府和830个县级政府开展了综合行政执法试点工作。经过多年的努力和探索，相对集中行政处罚权和综合行政执法工作取得了明显成效，主要表现在：一是初步解决了城市管理领域中多头执法、重复处罚、执法扰民等问题，行政执法的质量和水平明显提高；二是在一定范围内进行了管理权、审批权与监督权、处罚权适当分离的探索，为改革现行行政管理体制模式积累了一些经验；三是为合理配置政府部门的职能，精简行政机构初步探索了一些路子；① 四是初步形成了新的行政执法体制，树立了良好的行政执法

---

① 例如，黑龙江省的6个试点城市在这次机构改革中撤销了市政局等原城市管理领域的1-2个部门和几支行政执法队伍；杭州市进行试点后，撤销了市容环卫局、市政公用局和市容环卫监察支队、市政公用监察支队、规划监察支队等部门和机构，同时把属于市政公用设施修建、养护的公用事业职能与查处城市管理领域违法违章行为的行政执法职能分开，相应组建了市容市政局与城市管理行政执法局，为下一步积极推进政事分开的改革奠定了基础。

形象。

(2) 主要背景

相对集中行政处罚权的确立，既有历史的原因，也是现实的需要。由于政府职能转变和行政管理体制改革尚未完全到位，以及长期以来在一些立法工作中过于强调"条条"管理，法律、法规所规定的行政处罚权往往落实到政府的某一个具体部门，造成制定一部法律、法规就设置一支执法队伍。由此导致的结果是：一方面，行政执法机构林立，行政执法队伍臃肿；另一方面，相关部门之间职权交叉重复，行政执法力量分散，行政执法效率低下，难以形成有效的经常性管理。同时，由于多年来行政机关的权力与利益没有完全脱钩，有的行政机关把执法权当成本机关谋取利益的手段，滋生了官僚主义和腐败现象。正是针对上述情况，行政处罚法才有针对性地确立了相对集中行政处罚权制度，其目的是在没有修改有关法律、法规的情况下，推进行政管理体制改革，探索建立符合社会主义市场经济体制要求的行政执法体制，提高行政执法效率。

相对集中行政处罚权，既有体制上的依据，也有实践上的基础。从体制上看，根据宪法和地方各级人民代表大会和地方各级人民政府组织法的有关规定，地方政府对于行政执法机构的设置本来是有权作出调整的。① 根据这些规定，地方政府报经上一级政府批准后，有权设立和调整其工作部门，并确定其承担的职责。但是，由于若干单行法律、法规往往规定某一方面的行政工作由某个行政主管部门负责，一些上级行政主管部门强调"条条"的作用，给地方政府的工作造成了一定的困难。在暂时难以对有关单行法律、法规作全面修订的情况下，行政处罚法规定由国务院或者国务院授权的省、自治区、直辖市政府统一调整和重新配置行政处罚权，解决由于一些单行法律、法规规定不合理造成的行政执法机构过多、过滥的问题，以利于推进地方政府行政管理体制改革，是一条不错的路径选择。从实践情况看，不少地方针对行政执法中多头执法、职权交叉、机构膨胀、效率低下等问题，在综合执法方面已经

---

① 《中华人民共和国宪法》第107条第1款规定，"县级以上地方各级人民政府依照法律规定的权限，管理本行政区域内的经济、教育、科学、文化、卫生、体育事业和城乡建设事业和财政、民政、公安、民族事务、司法行政、监察、计划生育等行政工作，发布决定和命令，任免、培训、考核和奖惩行政工作人员。"《中华人民共和国地方各级人民代表大会和地方各级人民政府组织法》第64条规定，"地方各级人民政府根据工作需要和精干的原则，设立必要的工作部门。""省、自治区、直辖市的人民政府的厅、局、委员会等工作部门的设立、增加、减少或者合并，由本级人民政府报请上一级人民政府批准，并报本级人民代表大会常务委员会备案。""自治州、县、自治县、市、市辖区的人民政府的局、科等工作部门的设立、增加、减少或者合并，由本级人民政府报请上一级人民政府批准，并报本级人民代表大会常务委员会备案。"

或者正在进行有益的探索，为确立和实施相对集中行政处罚权制度提供了实践经验，从这个意义上讲，相对集中行政处罚权制度的确立，既是进一步推进行政执法体制改革的必然，也是实践发展的需要。

行政处罚仅是行政执法的一项，相对集中行政处罚权也仅是行政执法体制改革的内容之一。解决现行行政执法工作中存在的多层执法、多头执法、执法扰民、重权轻责、以权谋私等问题，仅有相对集中行政处罚权，无论在范围还是力度上都是不够的，必须从行政管理体制上入手，通过调整职能，归并机构，精简人员，从体制上、源头上来改革和创新行政执法体制。综合行政执法就是这方面的积极尝试。根据国务院关于深化行政管理体制和机构改革的精神，中央编办 2002 年 9 月发布了《关于清理整顿行政执法队伍实行综合行政执法试点工作意见》，决定在广东省、重庆市开展清理整顿行政执法队伍、实行综合行政执法试点工作，其他省、自治区、直辖市则各选择 1 - 2 个具备条件的市（地）、县（市）进行试点。试点的主要内容是：进一步转变政府部门职能，将制定政策、审查审批等职能与监督检查、实施处罚等职能相对分开，将监督处罚职能与技术检验职能相对分开。调整合并行政执法机构，实行综合行政执法，即改变多头执法的状况，组建相对独立、集中统一的行政执法机构，一个政府部门下设的多个行政执法机构原则上归并为一个机构，重点在城市管理、文化市场管理、资源环境管理、农业管理、交通运输管理以及其他适合综合行政执法的领域合并组建综合行政执法机构；改变多层执法的状况，按区域设置执法机构并实行属地管理，行政执法机构主要在城市和区、县设置等等。

（3）试点的主要领域

根据《国务院办公厅关于继续做好相对集中行政处罚权试点工作的通知》的精神，实行集中行政处罚权的领域，应当是那些多头执法、职权交叉、执法扰民问题比较突出，严重影响执法效率和政府形象的领域，如城市管理领域等。在城市管理领域可以集中行使的行政处罚权主要包括：①市容环境卫生管理、规划管理、城市绿化管理、市政管理、环境保护管理等方面法律、法规、规章规定的全部或者部分行政处罚权；②工商行政管理方面法律、法规、规章规定的对无照商贩的行政处罚权；③公安交通管理方面法律、法规、规章规定的对侵占道路行为的行政处罚权；④省、自治区、直辖市人民政府决定调整的城市管理领域的其他行政处罚权。但是国务院部门垂直领导的行政机关行使的行政处罚权以及限制人身自由的行政处罚权不得由集中行使行政处罚权的行政机关行使。根据《关于清理整顿行政执法队伍实行综合行政执法试点工作意见》的要求，综合行政执法试点的范围要根据行政执法的领域和管理体制慎重确定，中央垂直管理的海关、国税、金融监管、出入境检验检疫等部门和涉及国家安全与需要限制人身自由的行政执法工作不列入试点范围。

经过各地方多年来的积极探索，目前相对集中行政处罚和综合执法的领域已经从最初的城市管理逐步扩展到了文化、旅游、矿山安全、农业、林业、水利等领域，呈积极稳妥扩大的趋势。

（4）试点中需要注意的问题

在相对集中行政处罚权中，需要注意：集中行使行政处罚权的行政机关应当作为本级政府的一个行政机关，不能作为政府一个部门内设机构或者下设机构；集中行使行政处罚权的行政机关的执法人员必须是公务员；行政处罚权集中后，有关部门不得再行使已统一由一个行政机关行使的行政处罚权，仍然行使的，其作出的行政处罚决定一律无效；集中行使行政处罚权的行政机关所需经费列入本机关预算，由本级政府财政全额拨款；对集中行使行政处罚权的行政机关作出的具体行政行为不服提出的行政复议申请，由本级人民政府依法受理，上一级人民政府有集中行使行政处罚权的相应行政机关的，申请人也可以选择向上一级人民政府集中行使行政处罚权的相应行政机关提出行政复议申请。

在综合行政执法试点工作中，应当遵循以下原则：第一，"两个相对分开"。进一步转变政府部门与行政执法机构的职能和管理方式，实现政策制定职能与监督处罚职能相对分开，监督处罚职能与技术检验职能相对分开，实行综合行政执法。第二，权责一致。合理划分政府部门与行政执法机构的职责权限，明确综合行政执法机构的管辖范围，理顺各方面关系。第三，精简、统一、效能。清理整顿、调整归并行政执法机构，明确其性质、地位和职能，建立和完善体现行政执法特点的机构编制管理制度，强化监督约束机制，提高人员素质和执法水平。

3. 建立健全行政执法争议协调机制。

行政执法争议协调是指有权机关或者部门根据行政执法部门的申请或者依职权，对有关行政主体在执行法律、法规、规章和行政规范性文件过程中所发生的行政执法争议进行协调处理的活动。这里的"行政主体"，包括具有行政执法权的行政机关以及法律、法规授权的具有管理公共事务职能的组织。行政执法争议协调，是减少行政执法摩擦、提高行政执法效能的重要举措。目前，许多地方在这方面进行了积极的探索，积累了不少的经验，并在推进行政执法争议协调制度化、规范化、科学化方面取得了重要进展。有的地方在有关行政执法方面的政府规章中明确规定了行政执法争议协调制度，例如《安徽省行政执法监督条例》和《湖南省行政程序规定》都明确规定实行行政执法争议协调制度。还有的地方则专门制定了有关行政执法争议协调的政府规章，如宁夏回族自治区银川市 2005 年 4 月发布了《银川市人民政府行政执法协调办法》，广东省广州市 2005 年 12 月发布了《广州市行政执法协调规定》，湖北省 2006 年 5 月发布了《湖北省行政执法争议协调办法》等等。

（1）必要性

行政执法争议协调机制的产生，源于行政执法争议的客观存在。由于对执法权属、执法环节和标准等存在分歧，不同的行政执法部门在执法过程中往往会产生争议。如果争议不能够得到依法、及时、有效解决，就会造成行政执法的延迟或者阻碍，这不仅不利于行政管理目标的实现，也容易损害相对人的合法权益，破坏法制的统一和法律的权威。

在政府职能法定化、科学化程度较高的国家，行政执法部门之间的权界通常比较清楚，彼此各司其职，一般不会产生行政执法争议，但是经济社会的飞速发展往往导致行政管理过程中不断出现新情况、新问题，对传统的行政执法职责配置提出挑战，行政执法争议的发生有时不可避免。而在行政管理体制改革仍在进行当中，政府职能转变和机构改革尚未完全到位的国家，行政执法部门的权责边界常处于变动之中，加之立法本身的不确定因素，常常导致行政执法部门之间大量"模糊地带"的存在，实践中经常容易产生执法交叉等行政执法争议。因此，不管行政执法争议是作为经常性存在还是个别存在的法律现象，其存在都是客观的，从体制上、机制上有效解决这一争议非常必要。虽然解决行政执法争议从根本上讲还要依赖于行政管理体制改革的整体推进尤其是政府职能法定化和行政执法体制改革的顺利进行，但在这一进程完成之前，在现有法律机制中建立一种稳定的、常态的、有效的行政执法争议协调机制，作为行政系统内部化解行政执法争议的"恒压器"或者"润滑剂"，同样必要。

（2）行政执法争议的范围

从实践情况看，需要进行协调解决的行政执法争议主要包括以下类型：①两个或者两个以上行政执法部门对同一事项均认为本部门具有或者不具有法定管理职责而发生

121

的争议；②两个或者两个以上行政主体认为法律、法规、规章和规范性文件与其职能有关的规定不明确或者对其理解不一致的；③两个或者两个以上行政执法部门对同一事项均具有法定管理职责，就执法环节、标准等事项而发生的争议；④两个或者两个以上行政执法部门就同一事项因联合执法而发生的争议；⑤行政执法部门因行政执法协助而发生的争议；⑥行政执法部门因移送行政执法案件而发生的争议；⑦其他涉及行政执法争议的事项。

对于以下三种争议，通常不适用行政执法争议协调：①不涉及法律规范适用的行政管理事务争议；②行政执法部门内部的行政执法争议；③行政执法部门因行政执法活动与行政相对人发生的争议。

（3）协调者

行政执法争议协调工作，往往涉及看法、立场、态度截然相反的行政执法部门双方，协调难度大，因此需要协调者既要有客观、中立的法律地位，保持独立性和公正性，同时又要求协调者需要有必要的专业知识和一定的权威性，否则协调意见难以为双方所接受。根据这一要求，实践中，通常由县级以上人民政府统一领导本行政区域内的行政执法争议协调工作，具体工作由政府法制工作部门承担。

（4）协调的依据和原则

行政执法争议协调本身也是一项行政活动，必须依法进行。政府法制工作部门在进行行政执法争议协调时，应当依据法律、法规和规章，并参考其他规范性文件。有关法律、法规、规章及其他规范性文件对行政执法争议协调事项没有作出明确规定的，政府法制工作部门应当根据法律、法规、规章及其他规范性文件确立的精神和原则进行协调；必要时可以依照法定程序提请有权机关解释。

行政执法争议协调工作，通常应当遵循下列原则：①维护法制统一，即不能违反上位法的规定，同时还要与同位法保持协调；②保证政令畅通，即必须与中央和上级行政机关保持一致，不能与中央和上级行政机关的政策、决定、命令相抵触，不能搞"上有政策、下有对策"；③提高行政效能，即协调结果应当有助于减少行政执法摩擦，降低行政执法成本，提高行政执法效率；④保障行政相对人的合法权益，即协调应当从根本上有利于维护和实现相对人的合法权益。[①]

（5）协调的结果

行政执法争议协调机制的存在是为了解决行政执法争议，因此判断这一机制是否有效的根本标准还在于其是否能够真正依法、及时、有效地解决行政争议。有鉴于此，在完善行政执法争议协调机制，明确行政执法争议协调的启动、受理、办理期限和程序的同时，要对协调的结果作

---

① 例如，《湖北省行政执法争议协调办法》第14条规定，在行政执法争议协调过程中，对因争议协调事项不及时处置可能给公共利益或行政相对人合法权益造成损失的，办理行政执法争议协调的政府法制工作部门应当建议有关行政执法部门采取临时性处置措施。

科学设计。从实践情况看，通常的做法是：①经政府法制工作部门协调，有关行政执法部门达成一致意见的，制作《行政执法争议协调意见书》，载明协调事项、依据和结果，加盖有关行政执法部门和政府法制工作部门印章，发送相关行政执法部门，并报本级人民政府备案；②经协调，有关行政执法部门无法形成一致意见的，政府法制工作部门应当提出行政执法争议协调书面建议报请同级人民政府决定，人民政府作出《行政执法协调决定书》并印发执行。

四、完善行政执法经费保障机制

行政执法经费保障机制是指公共财政根据行政执法的实际需要，为行政执法部门配备相应的经费，保障其严格公正执法的机制。行政执法是依法行政的重要内容，是确保法律法规正确实施，维护公民、法人和其他组织合法权益的重要渠道。而对于行政执法乃至整个国家公权力来说，经费是必不可少的命脉所在，正如同血液之于生命。经费如何来、有多少、怎么用，从根本上制约着行政执法的价值取向、行为模式和运行效果。为行政执法经费提供机制保障是依法行政的基础和前提条件。没有经费保障，行政执法将难以开展，依法行政也必然难以实现。

公共财政对于行政管理体制依法、高效运转具有保障、支持和制约作用。公共财政保障体制的长期滞后，使得公共财政在某些地方、某些领域对行政执法机关的经费保障存在着不保障、保障不好或者虽有保障但难以到位等问题。

经费保障不到位，具有行政执法职能的部门容易产生价值取向失衡，直接或间接地使部门与利益紧密挂钩，使权力体现为利益，从而在履行法律赋予的行政执法职责时，运用行政权力在公共利益之外谋求本地区、本部门甚至个人的不恰当利益，客观上呈现出执法趋利的倾向。如为罚款而执法办案，罚、不罚均可的尽量罚，少罚、多罚均可的尽量多罚，单罚、并罚均可的尽量并罚；行政"议价"，与相对人就罚款多少讨价还价；以罚没款多少考评执法办案力度等等。目前，执法趋利已成为行政执法中的一大痼疾和顽症，社会各界对此反应强烈。行政执法的趋利化，严重扭曲了行政执法的目标追求和有法必依、执法必严的基本原则，严重损害了法律的权威和尊严，造成执法行为与执法目的背离，甚至以执法养违法。从另外一个角度看，尽管我国目前财政已实行"收支两条线"原则，但在一些地方实际上还没有摆脱"以收定支"的模式。按比例返还或超过基数返还的办法，决定了有收才有支，多收多支，少收少支。这就在实际上形成了罚没收入数额与单位预算、个人待遇之间的紧密联系，从而在一定程度上也迫使行政执法机关不得不将行政执法与部门利益、个人利益相挂钩。

　　即使行政执法机关能够恪守原则，坚持操守，秉公执法，行政执法经费保障的不足也将严重制约其行政执法的实际效果。没有必要的经费保障，行政执法人员的基本生活需要没法满足，行政执法机构的日常运转难以维系，行政执法行为难以达到预期效果，违法行为得不到及时制止和制裁，相对人的合法权益就得不到可靠保障。

要消除行政执法中的趋利化倾向，确保执法公正、廉洁、到位，就必须由财政承担起行政执法经费的保障职责。只有将行政执法经费保障好，才能彻底解除行政执法部门在经费问题上的后顾之忧，有效割断行政执法机关及其行政行为同私利之间的"纽带"，消除因利益驱使而滋生的各种执法乱象。

《决定》关于完善行政执法经费保障机制的主要措施：

1. 行政执法经费纳入财政预算。

完善行政执法经费保障机制，实质是为了维护行政执法的公正和权威。其首要内容就是将行政执法经费纳入财政预算。《纲要》曾明确指出，要完善依法行政的财政保障机制，"行政经费统一由财政纳入预算予以保障，并实行国库集中支付"，这是国务院从公共财政上保障行政机关依法行政的一项重要举措，而行政执法经费保障机制则是其中一项重要内容。

将行政执法经费纳入财政预算，要求各级政府尤其是市、县两级政府继续深化以部门预算、国库集中收付等为主要内容的公共财政体制改革，根据行政执法部门履行职责的实际需要，妥善安排经费，为行政执法部门开展行政执法工作提供充分的财力保障，并随着财政收入的增长，逐步加大对行政执法部门经费保障的力度。具体来说，就是要将行政执法所需经费纳入各级财政预算，统一管理，对行政执法机构实行全额预算管理，保证其人员经费和日常运转经费。其中，对行政执法机构编制内人员的工资、

126

津贴要保证按时、足额拨付，对行政执法部门开展执法检查、行政许可、行政处罚等行政执法业务所需的正常公用经费要给予重点保证。此外，完善市县行政机关行政执法经费保障机制，还要求建立规范的中央对地方的行政执法经费的转移支付制度，以财政专项转移支付的方式，进一步改变市县行政执法部门基础设施和办案装备的落后状况，保证执法一线必备装备，提高执法人员的待遇，对贫困落后地区给予适当的倾斜。

完善行政执法经费保障机制，是行政执法体制改革中的一项内容，与行政执法体制改革的其他内容密不可分，息息相关。因此，要从根本上解决行政执法经费不足的问题，建立科学、系统、完备的行政执法保障机制，还需要将这项工作与行政执法体制改革的其他内容结合起来统筹考虑，统一安排。就当前来说，地方政府尤其是市县政府要高度重视行政执法经费不足问题，加大财政保障力度。各级政府及其财政部门应在每年新增财政收入中安排一定比例资金，尽快解决行政执法的财政保障问题。

2. 罚缴分离制度。

罚缴分离，是指作出罚款决定的行政机关应当与收缴罚款的机构分离，即行政执法机关依法对违法者实施行政处罚时，不得自行收缴罚款，而只能向当事人开具行政处罚决定书，由当事人持行政处罚决定书到指定的代收银行缴纳罚款，由代收银行向当事人开具罚款收据，并将代收的罚款直接上缴国库。根据这一原则，行政执法机关如果违反规定强迫当事人向行政机关直接缴纳罚款的，其罚款决定无效，当事人有权拒绝缴纳罚款；行政执法机关必须按照法定程序，作出规范的行政处罚决定书，代收机构才能代收罚款，否则代收机构可以拒收罚款。罚缴分离是我国行政处罚法确立的、存在于行政处罚的执行环节的一项重要制度，是与作为特例存在的当场收缴罚款相对应的行政处罚执行的一般性原则。

实施罚缴分离制度，是对罚款收缴制度的一项重大改革，它从根本上将行政执法机关的处罚行为与代收机构的收缴行为分离开来，消除了行政执法机关自罚自收的可能，堵住了罚款收缴中的各种漏洞，从机制上彻底解决了屡禁不止的乱罚款、罚款创收等现象和问题，对于促进政府职能转变，提高行政处罚权威和行政效率，规范行政执法行为，加强廉政建设，防止财政收入流失，维护公民、法人和其他组织的合法权益都具有重要意义。

为了确保罚款决定与罚款收缴相分离，加强对罚款收缴活动的监督，保证罚款及时上缴国库，1997年11月国务院发布了《罚款决定与罚款收缴分离实施办法》，对于罚款代收机构的确定、行政机关与代收机构签订的代收罚款协议、罚款代收的内容、程序及监督等作出了明确规定。这是落实行政处罚法规定的罚缴分离制度的专门性的行政法规，有关行政执法机关、代收机构和主管机关都必须严格遵照执行。2000年12月国务院发布的《违反行政事业性收费和罚没收入收支两条线管理规定行政处分暂行规定》第11条还进一步规定，违反罚款决定与罚款收缴分离的规定收缴罚款的，对直接负责的主管人员和其他直接责任人员给予记大过或者降级处分。

3. 收支两条线管理制度。

收支两条线，是指各级政府财政部门对非税收入管理的一种模式，即非税收入执收单位取得的收入不能直接办理支出，收入要全部上缴国库或者财政专户；支出纳入财政综合预算管理，并根据各单位履行职能的需要安排支出预算和批复支出计划，通过国库或者财政专户拨付资金。实行收支两条线管理制度，有利于消除行政执法的体制性障碍，促进行政执法机关严格公正执法，维护法律的权威和行政机关的公信力；有利于从源头上预防和治理腐败，加强廉政建设，建设高素质的行政执法队伍；有利于治理"三乱"，规范行政执法行为，减轻企业和群众的负担；有利于整顿财政分配秩序，提高财政性资金的使用效益。

实施收支两条线管理制度，要求包括罚没收入在内的政府非税收入上缴国库或者财政专户后，财政部门实行综合预算管理，合理安排部门和单位支出。在行政执法过程中严格执行收支两条线管理制度，主要是要做到几点：一是要严格执行《中华人民共和国行政处罚法》和《罚款决定与罚款收缴分离实施办法》，督促有关单位通过代收银行将罚没收入直接、全额上缴同级财政国库，纳入预算管理，任何行政执法单位和政府机关都不得设立任何形式的"小金库"。二是政府和财政部门均不得对行政执法部门下达收入计划，例如下达或者变相下达罚没指标。罚没收入的数量取决于行政执法的实际情况，罚没收入本身也不是行政执法的目的，因此对罚没收入下达指令性计划本身就是违反行政执法内在客观规律，违背行政执法宗旨的，实践中许多乱罚款现象都根源于此。三是行政执法机关的业务经费、工作人员工资和福利待遇由同级财政部门列入部门预算，根据行政执法的实际需要予以安排和保障，不得以任何形式与行政执法部门的罚没收入上缴情况挂钩。实践中各种形式的"以收定支"，如按比例返还或者超基数返还，本身都是违法的，与行政执法经费保障制度的精神是相悖的。

为了确保收支两条线管理制度的贯彻实施，2000年12月国务院发布了《违反行政事业性收费和罚没收入收支两条线管理规定行政处分暂行规定》，对于国家公务员和法律、行政法规授权行使行政事业性收费或者罚没功能的事业单位的工作人员违反收支两条线管理规定的各种行为应当承担的行政法律责任作出了明确规定。例如，该规定第8条规定，下达或者变相下达罚没指标的，对直接负责的主管人员和其他直接责任人员给予降级或者撤职处分；第14条规定，不按照规定将罚没收入上缴国库的，对直接负责的主管人员和其他直接责任人员给予记大过处分，情节严重的，给予降级或者撤职处分；第15条、第16条规定，违反规定擅自开设银行账户的，或者截留、挪用、坐收坐支罚没收入的，对直接负责的主管人员和其他直接责任人员给予降级处分，情节严重的，给予撤职或者开除处分；第17条规定，违反规定，将罚没收入用于提高福利补贴标准或者扩大福利补贴范围、滥发奖金实物、挥霍浪费或者有其他超标准支出行为的，对直接负责的主管人员和其他直接负责人员给予记大过处分，情节严重的，给予降级或者撤职处分；第19条规定，不按照预算和批准的收支计划核拨财政资金，贻误核拨对象正常工作的，对直接负责的主管人员和其他直接责任人员给予记过处分，情节严重的，给予记大过或者降级处分。

五、规范行政执法行为

行政执法是市县行政机关最大量、最经常的行为，规范好市县政府及其部门的行政执法行为，对于推进依法行政，加快法治政府建设具有重要意义。因此，针对一些地方实践中存在的行政执法不规范问题，《决定》明确规定要规范行政执法行为，依法行使权力、履行职责。这样一方面可以防止行政权力的滥用，保障行政相对人的合法权益不受非法侵害，另一方面可以促进行政机关正确、及时履行职责。

近些年来，全国各地市县政府在规范行政执法行为方面做了大量的工作，取得了一定成效。例如，2007年对全国市县政府依法行政情况的调查统计显示，在357个市级政府和2793个县级政府中，有140个市级政府和857个县级政府已对行政处罚自由裁量权进行了细化，占到39%和31%；有287个市级政府和2075个县级政府建立了行政执法案卷制度和案卷评查制度，占到80%和76%；有319个市级政府和2210个县级政府建立了行政执法评议考核制度，占到89%和81%。但是不可否认，市县行政机关的执法行为还有许多不规范的地方，距离法治政府的要求还有不小的差距。为此，《决定》从严格履行法定职责、完善行政执法程序、细化和规范行政裁量权、建立行政监督检查记录制度、完善行政执法案卷评查等多个方面作出了规定。

《决定》关于规范行政执法行为的主要措施是：

1. 严格履行法定职责。

法国著名政治思想家孟德斯鸠曾经说过："一切有权力的人都容易滥用权力，这是万古不易的一条经验。有权力的人使用权力一直遇到有界限的地方为止。"行使行政执法权力，必须有法律、法规、规章的约束，否则，就可能损害作为行政相对方的公民、法人和其他组织的合法权益。同时，现代行政是一种责任行政，法律在赋予行政机关权力的同时，也要求行政机关承担相应的责任。行政执法是市县行政机关的重要功能之一，严格履行法定职责是对市县行政机关的基本要求。因此，《决定》规定，市县政府及其部门要严格执行法律、法规、规章，依法行使权力、履行职责。

行政机关严格履行法定职责包括几个方面的具体要求：

一是职权法定，即行政机关实施行政管理必须有法律的授权，并在法律授权范围内行使职权，不得越权行政。职权法定是对行政机关权力来源的要求，是由人民与政府关系的本质所决定的。根据我国宪法，国家的一切权力属于人民。行政机关是权力机关的执行机关，其职权是人民通过立法机关制定法律而赋予的。凡是法律没有赋予的职权，行政机关都不得行使。否则，会造成行政机关与立法机关、司法机关之间，上下级行政机关之间，同级行政机关之间的职权冲突，影响其他机关的正常工作和行政机关的行政效率，损害整个国家和全体人民的利益。

二是依法行政，即行政机关实施行政管理必须依照法律、法规、规章的规定进行，不得违法行政。依法行政包括实体合法和程序合法两个方面的要求。实体合法，要求行政机关实施行政管理时，要符合法律、法规、规章关于条件、幅度、方式等实体方面的规定。比如，行政机关在实施行政处罚时，必须严格按照行政处罚法规定的方式进行处罚，不得采取行政处罚法规定之外的处罚方式。程序合法，要求行政机关实施行政管理时，要符合法律、法规、规章规定的程序。比如，治安管理处罚法规定人民警察在公安机关以外询问被害人或者其他证人，应当出示工作证件。如果警察不出示证件，被害人或者其他证人有权拒绝接受询问。

三是全面履行职责，即法律、法规、规章规定的行政职责，行政机关必须依法履行，不得推诿、扯皮。政府及其部门承担着经济调节、市场监管、社会管理、公共服务的职能，要确保中央方针政策和国家法律法规的有效实施，加强经济社会事务的统筹协调，强化执行和执法监管职责，促进经济和社会事业的发展。行政职权是公权力。对于行政机关来说，职权即是权力，也是义务和责任。行政机关必须全面履行法律规定的这些义务和责任，否则，就构成行政不作为，要承担相应的法律责任。

2. 完善行政执法程序。

行政执法程序，是行政执法主体实施行政执法行为时所应遵循的方式、步骤、时限和顺序的规则。越是法治社会，越要重视程序公正，正如著名的西方法谚所说："正义不仅要实现，而且应以人们看得见的方式实现"。公正的、完备的行政执法程序，有利于平衡行政执法主体与相对人之间的不对等地位，保证行政执法结果的公正，也有利于人们对行政执法的监督和理解。《决定》高度重视行政执法程序建设，规定要完善行政执法程序，根据有关法律、法规、规章的规定，对行政执法环节、步骤进行具体规范，切实做到流程清楚、要求具体、期限明确。

目前，我国关于行政执法程序的规范存在两方面的问题。一是没有全国统一的、系统的行政执法程序规范。在法律、行政法规层面没有统一的行政程序法，关于行政执法程序的立法分散在《中华人民共和国行政处罚法》、《中华人民共和国治安管理处罚法》等法律、行政法规中。在地方有一些系统规定了行政执法程序的地方性法规，如1990年的《四川省行政执法程序暂行规定》、1992年的《福建省行政执法程序规定》、1997年的《广西壮族自治区行政执法程序规定》、2008年的《湖南省行政程序规定》等。二是现有的行政执法程序规范不够具体，有的规定还不合理，有些重要的行政执法程序制度，如说明理由制度、告知制度、时效制度、听证制度、职能分离制度等或没有建立，或不够完善。

完善行政执法程序主要应当从以下三个方面着手：一

是明确规定行政执法行为的流程。一般来说，一个行政执法行为包括表明身份、告知有关事项、听取陈述和申辩，作出行政执法的决定等环节。二是明确行政执法行为各个环节的具体程序要求。比如，在告知有关事项的环节应当明确规定这些事项的内容；在听取陈述和申辩的环节应当明确行政机关采用何种方式听取相对人的意见等。三是明确各个环节和具体程序的时间或者期限要求。比如，表明身份的行为，应当在开始行政执法时即作出；是否同意行政许可的决定应当在规定的期限内作出等。"迟到的正义是非正义"。对于行政执法行为的各个环节和具体内容作出明确的规定，可以避免行政执法行为的时间不当或者拖延而损害相对人的合法权益，提高行政执法效率。

3. 细化和规范行政裁量权。

古谚云："法贵明易"。法律、法规、规章的规定应当明确具体，易于理解，切实可行。但由于行政执法事项的多样性和复杂性，对每个行政执法行为都做出具体的、量化的规定是不现实的。在这种情况下，对行政裁量权在一定程度上进行细化、量化是非常必要的，有利于规范行政机关的执法尺度，避免行政裁量权的滥用而损害相对人的合法权益。

目前，我国不少法律、法规、规章对行政执法的裁量幅度规定得很宽泛。比如，规定处违法所得一倍以上五倍以下的罚款；有违法所得的，除予以没收外，可以处违法所得一至三倍的罚款等等。不对这些宽泛的规定进行细化、量化，行政执法实践中很容易出现裁量适用不妥当的情况，引起人们对行政执法行为公正性、合理性的怀疑，影响政府的威信。2007年对全国市县政府依法行政情况的调查统计显示，在357个市级政府和2793个县级政府中，有140个市级政府和857个县级政府已对行政处罚自由裁量权进行了细化，占39%和31%，这表明我国市县政府对行政裁量权的细化还很不够。因此，《决定》提出，要抓紧组织行政执法机关对法律、法规、规章规定的有裁量幅度的行政处罚、行政许可条款进行梳理，根据当地经济社会发展实际，对行政裁量权予以细化，能够量化的予以量化，并将细化、量化的行政裁量标准予以公布、执行。

市县政府在对行政裁量权进行细化规范时，应当遵循以下步骤：首先，行政执法机关应当结合自己的工作实践，对有行政裁量幅度规定的法律、法规、规章进行梳理，找出裁量幅度过大，具体实施规定不明确的条款。其次，根据当地经济社会发展的实际情况，按照行政处罚与违法行为严重程度相当、高效便民等原则，对行政裁量权予以细化。对于罚款数量、作出行政许可的期限等能够量化的予以量化。最后，对于细化、量化的行政裁量标准应当按照《中华人民共和国政府信息公开条例》的要求予以公开。

4. 建立行政监督检查记录制度。

行政监督检查记录，是指行政机关在行使监督检查职权的过程中，依照有关规定对某些事项进行记录的活动。建立行政监督检查记录制度，对于规范行政机关的行政执法行为，防止滥用行政监督检查权，保护被监督检查的公民、法人和其他组织合法权益具有重要意义。

《纲要》明确规定，对公民、法人和其他组织的有关监督检查记录、证据材料、执法文书应当立卷归档。不少地方和部门按照《纲要》的要求，制定了监督检查记录方面的规范。比如，2004年9月公安部颁布了《消防监督检查规定》。但目前，行政监督检查记录制度还不完善，行政监督检查记录制作填写不规范，甚至有些地方还没有建立该项制度。因此，《决定》要求市县政府及其部门建立监督检查记录制度。

市县政府建立行政监督检查记录制度，主要有三个方面的要求：一是要明确行政监督检查记录的内容。行政机关在对公民、法人和其他组织进行行政监督检查时，应当对检查的人员、时间、形式、内容、结果、处理决定等进行记录。二是要明确行政监督检查记录的程序。对于记录的制作时间、记录的立卷归档等应当明确规定。三是要明确行政监督检查记录的制作要求。在制作填写行政监督检查记录时，内容要完整、用语规范、具体明确。

5. 完善行政执法案卷评查制度。

行政执法案卷评查，是指对各级政府及其部门依据法律、法规、规章实施行政处罚、行政许可、行政强制、行政征收或者征用等所制作的行政执法案卷进行审查、评议并实施监督的活动。行政执法案卷评查制度的建立，有利于加强对行政执法行为的监督，提高行政执法人员依法行政的意识，促进合法行政、合理行政，同时也有利于及时纠正案卷评查中发现的违法行政问题。

《纲要》要求，健全行政执法案卷评查制度。根据

《纲要》的要求，各地方各部门陆续颁布了一些行政执法案卷评查方面的规定。比如，北京市颁布了《北京市行政处罚案卷评查办法》。近年来，行政执法案卷评查工作稳步推进，但目前还存在不少问题：一是对行政执法案卷评查制度的重要性认识不足。二是对行政执法案卷评查的启动多为临时性，缺乏固定的计划。三是评查方式和主体单一，多为行政执法机关自查自纠，上级行政机关、监察机关的评查很少。四是评查时有些部门拒不提供行政执法案卷，对此缺乏强制性的案卷评查制度。五是由于人力、物力等条件所限，评查实行抽查制，评查的案卷数量过少。针对上述情况，《决定》要求，完善行政处罚、行政许可、行政强制、行政征收或者征用等行政执法案卷的评查制度。市县政府及其部门每年要组织一次行政执法案卷评查，促进行政执法机关规范执法。

具体来说，市县政府及其部门在完善行政执法案卷评查方面主要应做好以下几个方面的工作：一是提高对行政执法案卷评查工作重要性的认识。二是科学确定行政执法案卷的评查规划，明确案卷评查工作机制。三是明确有权评查行政执法案卷的机关，建立和加强上级行政机关对下级行政机关行政执法案卷的评查。四是明确行政执法案卷的评查标准，比如处罚法定、公正公开、一事不再罚、罚过相当等，保证案卷评查活动有序进行。五是建立行政执法案卷强制评查制度，保障案卷评查活动的正常进行。

六、加强行政执法队伍建设

建立了完善的、合理的法律制度体系之后，并不就意味着法治的实现。徒法不足以自行。政府及其部门的行政执法行为是通过其工作人员实施的，法治政府的最终实现还有赖于高素质、规范合法的行政执法队伍的建设。当前，我国经济社会发展面临着许多新的挑战，政府工作涉及经济、社会、文化等诸多方面，政府既要保持社会秩序的稳定，维护国家利益和公共利益，及时解决社会经济生活中出现的各种问题，又要高效、公正、合理的执法，尊重并充分保护人民群众的合法权益。要加快建设法治政府，必须规范行政执法主体的资格，提高行政机关工作人员依法行政的素质和能力。

《决定》关于加强行政执法队伍建设的主要措施：

1. 实行行政执法主体资格合法性审查制度。

行政执法主体，是指依法具有行政职权，能够以自己的名义作出行政执法行为并对该行为后果独立承担法律责任的组织。一般来说，合法的行政执法主体要符合三个方面的条件：一是依法具有行政职权；二是能够以自己的名义作出行政执法行为；三是能够对自己的行为后果独立承担法律责任。

《纲要》要求，建立健全行政执法主体资格制度。行政执法由行政机关在其法定职权范围内实施，非行政机关的组织未经法律、法规授权或者行政机关的合法委托，不得行使行政执法权；要清理、确认并向社会公告行政执法主体。各地方各部门都加强了对行政执法主体资格的规范，比如，湖北省制定了《湖北省行政执法条例》，规定建立行政执法主体资格登记制度，县级以上地方人民政府负责本行政区域内行政执法主体的登记审核工作，并将审核合格的执法主体名单向社会公告。2007 年对全国市县政府依法行政情况的调查统计显示，在 357 个市级政府和 2793 个县级政府中，平均每个市级政府有 60 个行政执法主体，属于事业编制的有 19 个，平均每个县级政府有 40 个行政执法主体，属于事业编制的有 11 个。有 350 个市级政府和 2535 个县级政府建立了行政执法主体资格制度，占 98% 和 93%。有 333 个市级政府和 2285 个市级政府向社会公布了行政执法主体的名单，占 93% 和 84%。这说明市县两级政府的行政执法主体大多数是行政编制，但仍有三分之一左右属于事业编制，在向社会公布行政执法主体方面还有为数不少的市县政府没有做到。为了保护公民、法人和其他组织的合法权益，规范行政执法行为，《决定》规定要实行行政执法主体资格合法性审查制度。

实行行政执法主体资格合法性审查制度要求：市县政府要严格按照有关法律、法规和规章的规定，设立行政执法机构；对于已有的行政执法主体，特别是事业单位执法主体的资格应进行严格审查，对不合法、不合格的行政执法主体，要坚决予以取消。对于经审查确认和取消的行政执法主体，应当通过报纸、电视台、政府网站等媒体及时向社会公告。对于行政执法主体资格应当定期进行合法性审查和清理，相应的审查工作应当规范化、制度化。

140

2. 健全行政执法人员资格制度。

不积跬步无以至千里，不积小流无以成江海。行政执法是一项专业性较强的工作，要求行政执法人员必须熟练掌握相关的法律知识。从事行政执法工作，必须要通过相关法律知识考试，持证上岗。因此，要实行行政执法人员资格制度。

《纲要》要求，实行行政执法人员资格制度，没有取得执法资格的不得从事行政执法工作。2007 年对全国市县政府依法行政情况的调查统计显示，在 357 个市级政府和 2793 个县级政府中，有 350 个市级政府和 2543 个县级政府建立了行政执法人员资格制度，占 98% 和 93%。有 321 个市级政府和 2220 个县级政府建立了行政执法人员考试录用制度，占 90% 和 81%。《决定》高度重视行政执法人员资格制度的完善和实施，要求健全行政执法人员资格制度，对拟上岗行政执法的人员要进行相关法律知识考试，经考试合格的才能授予其行政执法资格、上岗行政执法。

为了全面提高行政执法人员的素质和行政执法水平，市县政府应当加强对行政执法人员的培训和考试工作；应当明确规定各类行政执法岗位考试的内容和要求，并严格组织实施；对于经过培训考试通过的，发给相应的行政执法人员资格证书，授予其行政执法资格；不符合行政执法资格要求的，要坚决调离行政执法岗位。

3. 整顿行政执法队伍。

目前，一些地方还存在着不合格执法人员充斥行政执法队伍的现象。比如，某城市的 127 个市一级行政执法机构中，共有行政执法人员 6 万多人，另外还有 17 万人的各类人员协助执法的队伍。其中，不少行政执法人员不具备相应的法律知识，行政执法行为不规范，甚至乱执法。针对这种情况，《决定》要求进一步整顿行政执法队伍，严格禁止无行政执法资格的人员履行行政执法职责，对被聘用履行行政执法职责的合同工、临时工，要坚决调离行政执法岗位。

在整顿行政执法队伍时，市县政府主要应当做好两方面的工作：一是对行政执法机关的工作人员，应当审查其是否通过了相应考试，取得行政执法资格。取得行政执法资格的工作人员，允许其继续进行行政执法；没有取得行政执法资格的工作人员，应严格禁止其实施行政执法行为。二是对被聘用履行行政执法职责的合同工、临时工，不少地方称之为"协管员"，要立即调离行政执法岗位。任何部门和地方都不得以行政管理事务过多为由，继续招募合同工、临时工担任行政执法人员，对于已经招募的合同工、临时工履行行政执法职责的，应当及时调离行政执法岗位。

4. 健全纪律约束机制，加强行政执法队伍思想建设、作风建设。

没有规矩，不成方圆。加强行政执法队伍建设，推进依法行政，必须要建立健全队伍的纪律。内部纪律和外部监督是约束行政执法行为不可分割的两个方面。思想建设、作风建设历来就是我们党开展工作的重要武器。当前，推进依法行政，加快建设法治政府，同样离不开对行政执法队伍的思想建设、作风建设。外因通过内因发挥作用。科

142

学合理的法律、法规、规章要充分发挥作用，必须通过思想和作风过硬的行政执法队伍来实现。现在出现的许多违法行政行为与行政执法队伍的思想建设、作风建设不够有很大的关系。目前有的地方还存在着对执法队伍只重抓业务，忽视思想工作的倾向，不同程度地存在"一手硬，一手软"的现象，甚至出现业务与思想、行政与政工相脱离的"两张皮"的问题。因此，《决定》提出要健全纪律约束机制，加强行政执法人员思想建设、作风建设，确保严格执法、公正执法、文明执法。

市县政府要加强行政执法队伍的思想作风建设，促进依法文明行政，主要应当做好以下几个方面的工作：一是实施行政机关一把手思想政治工作责任制。一把手处于总揽全局工作的主导地位，只有一把手带头抓思想政治工作，才能正确处理思想工作与业务工作的关系，牢牢抓住执法队伍建设这个根本。二是要配备思想政治工作能力强的基层领导干部。基层领导干部处于工作第一线，与基层群众接触最多，也了解一般行政执法工作人员的思想动态，可以有针对性地开展思想政治工作。三是根据工作实际情况，经常性地开展思想政治学习和教育活动，不断提高行政执法工作人员的思想政治水平。四是明确作风建设的具体要求。比如，衣着整齐、举止端庄、文明礼貌、忠于职守、勤政高效、廉洁自律等。五是要做好结合与转化的工作。思想作风建设应当与业务工作相结合，要有针对性，并且要将思想作风建设的成果转化到实际工作中去，提高行政执法工作的效能和水平。

七、强化行政执法责任追究

权责一致是依法行政的基本要求之一。行政机关依法享有多大范围的权力，就应当承担多大范围的责任。不应当有无责任的权力，也不应当有无权力的责任。现代行政是责任行政。加强行政执法责任追究，对于强化行政机关及其工作人员的责任意识，提高行政执法人员的业务素质，规范日常行政执法行为，加强廉政建设，维护国家利益和管理相对人的合法权益，具有重要作用。

《决定》关于强化行政执法责任追究的主要措施有：

1. 全面落实行政执法责任制。

《纲要》提出，要推进行政执法责任制。依法界定执法责任，科学设定执法岗位，规范执法程序。要建立公开、公平、公正的评议考核制和执法过错或者错案责任追究制，评议考核应当听取公众的意见。要积极探索行政执法绩效评估和奖惩办法。2005 年国务院办公厅发布《关于推行行政执法责任制的若干意见》，对推行行政执法责任制的范围、主体、内容、方法、程序作了全面部署。各地方各部门按照推进行政执法责任制的要求，制定并颁布了有关行政执法责任追究的一些规定。比如，上海市颁布了《上海市行政执法过错责任追究办法》，安徽省颁布了《安徽省行政执法责任追究暂行办法》，海关总署颁布了《海关行政执法责任追究暂行规定》等。2007 年对全国市县政府依法行政情况的调查统计显示，在 357 个市级政府和 2793 个县级政府中，有 340 个市级政府和 2387 个县级政府出台了行政执法责任方面的专门规定，占95%和87%。

行政执法责任制推行以来，对督促行政执法人员严格履行法定职责，依法办事，提高效率发挥了重要作用。为把《纲要》、《国务院关于推行行政执法责任制的若干意见》贯彻落实到市县政府及其部门行政执法中去，结合市县特点，《决定》要求，全面落实行政执法责任制。

推行行政执法责任制的关键是要落实行政执法责任，为此应做好以下几个方面的工作：

一是梳理行政执法依据。地方各级人民政府要组织好梳理执法依据的工作，对具有行政执法主体资格的部门（包括法律法规授予行政执法权的组织）执行的执法依据分类排序、列明目录，做到分类清晰、编排科学。对梳理完毕的执法依据，除下发相关执法部门外，要以适当方式向社会公布。

二是分解行政执法职权。地方各级人民政府中具有行政执法职能的部门要按照本级人民政府的统一部署和要求，根据执法机构和执法岗位的配置，将其法定职权分解到具体执法机构和执法岗位。有关部门不得擅自增加或者扩大本部门的行政执法权限。

三是确定行政执法责任。执法依据赋予行政执法部门的每一项行政执法职权，既是法定权力，也是必须履行的法定义务。行政执法部门任何违反法定义务的不作为和乱作为的行为，都必须承担相应的法律责任。要根据有权必有责的要求，在分解执法职权的基础上，确定不同部门及机构、岗位执法人员的具体执法责任。要根据行政执法部门和行政执法人员违反法定义务的不同情形，依法确定其应当承担责任的种类和内容。

2. 健全民主评议考核制度。

行政执法民主评议考核是评价行政执法工作情况，检验行政执法部门和行政执法人员是否正确行使执法职权和全面履行法定义务的重要机制，是推行行政执法责任制的重要环节，对于提高执法人员的行政执法水平意义重大。1997年党的十五大首次规定了行政执法评议考核制度。据此，2004年国务院《纲要》提出要建立行政执法评议考核制度，2005年国务院小公厅颁布的《关于推行行政执法责任制的若干意见》对行政执法评议考核制度的基本要求、主体、内容和方法作了规定。各地方各部门经过努力，在建立和推行行政执法民主评议考核制度方面取得了积极的效果。2007年对全国市县政府依法行政情况的调查统计显示，在357个市级政府和2793个县级政府中，有319个市级政府和2210个县级政府建立了行政执法评议考核制度，占89%和81%。

《决定》要求健全民主评议制度，加强对市县政府行政执法机关及其执法人员行使职权和履行法定义务情况的评议考核。具体来说，主要应当做好以下几方面的工作：

一是科学设计行政执法评议考核的各项指标。在建立行政执法评议考核制度时，除了要确定评议考核的机构、原则、标准、方法，还应当结合本单位的实际情况确定评议考核的具体项目，并合理确定各个项目在评价指标体系中的分值比重。

二是建立内部评议与外部评议相结合、日常考核与年度考核相结合的评议考核模式。内部评议主要是指各级人民政府对其所属部门、上级人民政府对下级人民政府、各行政执法部门对其所属行政执法机构和行政执法人员的行政执法工作进行的评议考核；外部评议是指行政机关外部对行政机关及其工作人员行政执法情况进行评议考核，具体形式可以采取召开座谈会、发放执法评议卡、设立公众意见箱、开通执法评议专线电话和网络等方式。行政执法内部评议与外部评议相结合有利于评议考核渠道的多样化，推动评议考核的民主化，有利于保证评议考核结果的公正合理。日常考核与年度考核相结合，有利于促进行政执法评议考核的常态化，督促行政执法机关及其工作人员始终坚持严格执法。

三是实行评议考核结果与奖惩、晋升等挂钩的制度。评议考核的结果必须对被评议考核者的利益有影响，行政执法评议考核制度才能起到预期的作用。行政执法评议考核结果应该量化分级，考核情况应当与行政执法机关及其工作人员奖惩以及对行政执法工作人员的晋升挂钩。

3. 落实责任追究制度。

要规范行政执法行为，必须强化对违法行政行为的追究力度。只有严格责任追究制度，才能对违法行政起到威慑和遏制作用。因此，《决定》要求，对不依法履行职责或者违反法定程序实施行政行为的，依照行政机关公务员处分条例第20条、第21条的规定①，对直接责任人员给予处分。2007年对全国市县政府依法行政情况的调查统计显示，在357个市级政府和2793个县级政府中，有335个市级政府和2376个县级政府建立了行政执法责任追究制度，占到94%和87%。强化行政执法责任追究，关键在于抓落实。目前来看，关于行政执法责任追究的规范性文件已经不少，关键是落实和执行。

---

① 《行政机关公务员处分条例》第20条规定，有下列行为之一的，给予记过、记大过处分；情节较重的，给予降级或者撤职处分；情节严重的，给予开除处分：（一）不依法履行职责，致使可以避免的爆炸、火灾、传染病传播流行、严重环境污染、严重人员伤亡等重大事故或者群体性事件发生的；（二）发生重大事故、灾害、事件或者重大刑事案件、治安案件，不按规定报告、处理的；（三）对救灾、抢险、防汛、防疫、优抚、扶贫、移民、救济、社会保险、征地补偿等专项款物疏于管理，致使款物被贪污、挪用，或者毁损、灭失的；（四）其他玩忽职守、贻误工作的行为。第21条规定，有下列行为之一的，给予警告或者记过处分；情节较重的，给予记大过或者降级处分；情节严重的，给予撤职处分：（一）在行政许可工作中违反法定权限、条件和程序设定或者实施行政许可的；（二）违法设定或者实施行政强制措施的；（三）违法设定或者实施行政处罚的；（四）违反法律、法规规定进行行政委托的；（五）对需要政府、政府部门决定的招标投标、征收征用、城市房屋拆迁、拍卖等事项违反规定办理的。

148

第六章　强化对行政行为的监督

行政行为是国家行政机关为了实现对国家事务、经济社会事务、文化事务的管理，依法对有关领域的事项作出处理、采取一定措施的行为。因此，加强对行政行为的监督，是促进市县政府依法行政的关键。《决定》着重从人大监督和政协民主监督、社会监督、行政复议、行政应诉、政府信息公开五个方面规定了对市县政府及其部门行政行为的监督制度。

一、对行政行为的监督的概念和特征

对行政行为的监督（即行政监督）是指国家权力机关、人民政协、人民法院、专门监督机关、社会团体和人民群众，依法对国家行政机关及其工作人员的行政活动是否合法、合理和有效，实施的质询、督促、检查和纠正的行为，是保障国家行政机关依法进行行政活动的制度。

自建国以来，特别是改革开放以来，我国已经形成了中国特色的行政监督体系，主要包括外部监督体系和内部监督体系两部分。外部监督是指来自行政机关以外的监督主体对行政机关及其工作人员的监督，主要有国家权力机关、人民政协、人民法院、社会（包括社会团体和公民）的监督。与外部监督相对应的是内部监督，是我国行政机关内部建立的自我监督体系，主要有两种形式：一是专职监督机关的监督，如监察和审计机关的监督；二是非专职监督机关的监督，主要有上下监督、主管监督、职能监督三种形式。上下监督即各行政机关因上下级隶属关系所形成的监督，主管监督即行政机关对被管理单位及其工作人员的监督，职能监督即政府职能部门依法在其职权范围内对其他有关部门的监督。从监督的具体对象来看，可以分为以政府行为作为监督对象的监督机制和以公务员个人行为作为监督对象的监督机制。前者包括行政诉讼制度、行政复议制度和法规、规章备案审查制度等；后者如监察制度。从启动监督机制的主体分析，可以分为依职权启动的监督机制和依申请启动的监督机制。从监督目的的角度分析，可以分为以查处违法为主的监督机制和以维护公民权利为主的监督机制等。

对行政行为监督的特征主要体现在以下几个方面：

1. 监督的主体是国家权力机关、人民政协、人民法院、上级行政机关、专门监督机关以及社会团体和公民。我国实行人民代表大会制度，人民代表大会作为国家权力机关有权根据宪法和法律的规定，对行政机关实施的行政行为进行监督，各级行政机关都要向本级人民代表大会汇报工作，受它监督。人民政协通过参与国家方针、政策、法律、法规的制定和执行，履行政治协商、民主监督、参政议政的职能，对行政机关实施的行政行为进行监督。人民法院依据行政诉讼法的相关规定对行政机关实施的行政行为进行监督。各级政府根据权限对其所属部门和下级政

150

府的行政管理活动进行层级监督，专门监督机关通过监察和审计等方式对行政机关实施的行政行为进行监督。社会团体和公民可以依法对行政机关及其工作人员的行为提出意见和建议，行政机关必须认真予以答复。

2. 监督的对象既包括行政机关的外部行政行为，也包括行政机关的内部行政行为。根据我国现行法律、行政法规、规章的规定，行政监督的对象主要是行政机关针对行政管理相对人作出的外部行政行为，即行政机关作出的决定和命令是否符合法律、行政法规、规章的规定，是否损害了行政管理相对人的合法权益，而对内部行政行为而言，则因为其不会对行政管理相对人产生不利影响，而主要由上级行政机关和监察、审计等专门监督机关进行监督。

3. 监督的方式主要包括质询、提案、审判、审查、审理和社会舆论等。根据宪法和有关法律的规定，国家权力机关可以通过人大代表质询案的形式，向行政机关提出意见和建议，各级人民政府都要自觉接受质询，虚心听取人民代表的建议和批评，对人民代表提出的意见和建议，应当按时办理，做到件件有答复，件件有着落。各级人民政府要自觉接受政协的民主监督，虚心听取政协委员对政府工作的意见和建议，认真办理政协委员提案。人民法院依照行政诉讼法的规定对行政机关实施的监督也是监督行政机关实施行政行为的重要方式，在行政诉讼中人民法院对行政行为进行审查、监督，在法律规定的范围内达到监督行政权的目的。对规章和规范性文件的备案审查，是保证法规规章和规范性文件合法适当，是从源头上对行政行为进行监督的重要举措。政府法制机构根据立法法和法规规章备案条例的规定，对报送备案的规章和规范性文件依法严格审查，做到有件必备、有备必审、有错必纠，切实解决法律规范之间冲突、"打架"问题。行政复议机关按照行政复议法和行政复议法实施条例的规定，认真履行行政复议职责，通过审理行政复议案件，公正作出行政复议决定，纠正或撤销违法、明显不当的行政行为，加强对行政机关具体行政行为的监督。公民、法人和其他社会组织则通过新闻媒体、群众来信来访等方式，向行政机关提出意见和建议，对行政行为进行监督。

4. 监督的结果一般以责任追究的形式出现。监督主体依据宪法和法律的规定，通过各种形式对行政机关实施的行政行为进行监督，行政机关必须予以回应，对确实存在违法违纪情况的行为，应当及时纠正并按照规定追究有关责任人的责任，落实行政监督的效果。

二、强化对市县政府行政行为监督的重要性和紧迫性

行政监督是我国社会主义监督体系的重要组成部分。党和政府历来高度重视行政监督工作。党的十六大报告提出，"加强对权力的制约和监督。建立结构合理、配置科学、程序严密、制约有效的权力运行机制，从决策到执行等环节加强对权力的监督，保证把人民赋予的权力真正用来为人民谋福利。重点加强对领导干部特别是主要领导干部的监督，加强对人财物管理和使用的监督。"不仅提出了

对行政行为进行监督的方式和目标，而且明确指出了监督的重点内容。为了贯彻落实这一重要精神，2003年3月国务院通过的《国务院工作规则》根据党的十六大提出的"形成行为规范、运转协调、公正透明、廉洁高效的行政管理体制"的总体要求，把加强行政监督作为新一届政府工作的三项基本准则之一。强调了对行政行为进行监督的重要意义，国务院总理温家宝同志曾经深刻地指出，"只有人民监督政府，政府才不会懈怠，各级政府都要接受新闻舆论的监督。"

党的十七大报告在论述如何"坚定不移地发展社会主义民主政治"时，针对改革开放以来我国政治体制改革所面临的新局面，指出"要坚持用制度管权、管事、管人，建立健全决策权、执行权、监督权既相互制约又相互协调的权力结构和运行机制。健全组织法制和程序规则，保证国家机关按照法定权限和程序行使权力、履行职责。完善各类公开办事制度，提高政府工作透明度和公信力。重点加强对领导干部特别是主要领导干部、人财物管理使用、关键岗位的监督，健全质询、问责、经济责任审计、引咎辞职、罢免等制度。落实党内监督条例、加强民主监督，发挥好舆论监督作用，增强监督合力和实效"。新一届政府组成后，根据党的十七大报告"转变职能、理顺关系、优化结构、提高效能，形成权责一致、分工合理、决策科学、执行顺畅、监督有力的行政管理体制"的精神，国务院在2008年3月新修订的《国务院工作规则》中规定，"国务院及各部门要严格按照法定权限和程序履行职责，行使行政权力"，并从多个角度明确了行政机关实施行政行为必须接受来自各个主体的监督。

各地各部门高度重视行政监督工作，积极探索强化对行政行为的监督制度，取得了良好的效果。

（一）市县政府依法行政意识明显提高

依法行政关键在于提高意识。一些市县政府在实施行政管理行为时，比较注重社会经济发展的实际效果，这种观念导致市县政府在发展过程中遇到法律障碍时，首先想到的是如何规避法律，个别地方甚至以带动经济发展、推进体制改革为理由，出台违背法律规定的政策和办法。这种错误的做法短时间内似乎可以促进地方发展，但就全国大局而言则是对整个法制秩序的破坏，从而影响国家整体经济社会发展。因此，加强对市县政府行政行为的监督，不仅要对具体行政行为加强监督检查，同时对制定事关人民群众切身利益的政策、规定等抽象行政行为也要加强监督。通过对政府行政行为的监督，使政府机关及其工作人员特别是领导干部认识到，只能在法律规定的范围内行政，任何超越法律权限的行为都是违法行为。

（二）市县政府行政行为的规范性显著增强

行政监督的目的是通过对政府行为的规范和补救，最大限度地避免因违法或不当的行政行为给行政管理相对人造成损害。行政监督的价值在于行政系统的内部和外部监督力量相结合，在事前进行违法行为预防，事中进行违法行为监控，事后对违法行为进行惩罚。通过对市县政府行政行为的监督，防范和制止政府行为出现发生违反法律、行政法规、规章规定的情况，增强了市县政府行政行为的规范性。

（三）有力地推进了政府职能的转变

公共服务是政府的一项重要职责。作为市县政府，做好基层群众的公共服务工作更是工作中心之所在。为了理顺政府与市场、政府与社会的关系，强化政府的经济调节、市场监管、社会管理和公共服务职能，一些市县政府采用加强行政问责制度的方法强化行政监督，使政府机关的工作人员特别是领导干部认识到政府应当担任什么角色，在面对基层群众时应当如何提供服务，将政府行为从重管理轻服务，转变到不断提高为人民群众服务能力的方向上来。因此，行政监督通过规范政府行为，促进了市县政府向服务型政府转变。

在加强对市县政府行政行为的监督取得明显成效的同时，还存在一些比较突出的问题，主要是各种监督主体缺乏有效配合；监督机构独立性不够强；监督程序不够完善；行政监督偏重于事后惩罚，对事前的预防性监督及事中的过程性监督不够重视。解决这些问题，加强对市县政府行政行为的监督，迫切需要建立健全对市县政府行政行为的监督制度和机制。

三、《决定》规定的强化对市县政府行政行为监督的主要内容

针对市县政府在行政监督方面存在的普遍性问题，《决定》从以下五个方面做出了具体规定。

（一）继续自觉接受人大监督和政协的民主监督

人民代表大会制度是我国的根本政治制度。各级人民政府都由同级人大选举或者决定产生，对人大负责，受人大监督。因此，市县政府都要根据宪法、法律的规定，自觉接受同级人大及其常委会的监督，向同级人大及其常委会报告工作、接受质询，虚心听取人大代表的建议和批评，对人大代表提出的建议和意见，要认真答复、按时办理。要积极配合人大常委会做好有关法律法规实施情况的监督检查，为确保权力在阳光下运行，加快法治政府建设发挥积极作用。要探索建立行政首长定期汇报制度，使人大能够及时对行政机关的活动进行监督和控制。要探索建立市县人大监督、检查行政机关工作制度，通过经常性的评议、调查、检查和质询对行政机关进行监督。

中国共产党领导的多党合作和政治协商制度是中国特色社会主义的政党制度，是我国民主制度的重要组成部分。人民政协是我国爱国统一战线的组织，是中国共产党领导的多党合作和政治协商的重要机构，围绕团结和民主两大主题履行政治协商、民主监督、参政议政职能，参与国家方针、政策、法律、法规的制定和执行，发挥协调关系、汇聚力量、建言献策、服务大局的重要作用。因此，市县政府要不断完善听取政协意见制度，继续自觉接受政协的民主监督，虚心听取政协对政府工作的意见和建议，切实做好政协委员提案的办理工作。要建立健全政协评议政府部门工作制度，把政协评议作为市县政府部门工作考核的重要组成部分，对评议提出的有关意见要及时处理并反馈。

156

（二）充分发挥社会监督的作用

强化社会监督，是坚持执政为民、坚持依法行政，做好政府工作的根本保证。《中华人民共和国宪法》第41条第1款规定，公民对于任何国家机关和国家机关工作人员都有提出批评和建议的权利。社会监督是公民实现其民主权利的一个重要方面，只有充分发挥社会监督的作用，政府才会严格依法办事，政府工作人员才不会滥用其手中的权力，才能保证行政机关的清正廉洁。舆论监督是群众监督的一种重要形式，具有信息传递上的公开、迅速、广泛等特点，它以群众力量为坚强后盾，通过新闻媒体对政府及其工作人员的一些不良行为进行曝光，引起群众的注意和反响，从而有效地发挥其独特的监督作用。市县政府及其部门要高度重视社会监督的作用，为人民群众监督行政机关创造条件，切实保障他们的各项监督权利，及时依法查处和纠正各类违法行为。

1. 完善群众举报投诉制度。

群众举报投诉制度是保障人民群众监督权的重要途径，人民群众通过举报和投诉，把存在违法或违纪情况的行政行为反映到有关部门，依法表达对行政机关及其工作人员的意见，及时提醒行政机关对自身行为进行审查，发现错误及时纠正，从而促进行政机关严格依法行政。据调查，目前全国已有336个市级政府和2296个县级政府建立了投诉举报制度，分别占94%和84%。因此，还没有建立群众举报投诉制度的市县政府要抓紧建立，已经建立的也要不断完善。市县政府要拓宽群众反映情况的渠道，以方便群众举报和投诉为目的，努力建设多方位、多层次、多渠道的信息通道，确保群众意见可以畅通无阻地送达有关部门。要明确接受群众投诉举报的单位和负责人，规定具体内容涉及其他部门的不得简单移交，更不得相互推诿。

2. 认真对待反映的问题并及时作出处理。

舆论监督作为社会监督的一种重要形式，是公民、法人和其他社会组织表达一种针对政府机构或政府机构工作人员的批评性言论的活动，是以权利制约权力机制的一种形式。人民群众通过各种渠道反映的问题，一般涉及到人民群众的切身利益，属于基层工作中较为集中的普遍性矛盾。根据《中华人民共和国宪法》第41条第2款的规定，对公民的申诉、控告或者检举，有关国家机关必须查清事实，负责处理。因此，政府要通过发现问题、解决问题、反馈意见等措施，积极主动解决问题，及时化解基层矛盾，形成管理为基层、服务为人民有机统一的工作机制。市县政府要认真对待人民群众通过各种渠道反映的问题，包括群众举报和投诉意见、新闻媒体曝光的违法乱纪现象等问题，对这些问题要在每一个所属部门设置专门的机构负责接收和反馈意见。要责成专门人员对群众意见进行调查、核实，对社会影响较大的问题，要及时向有关新闻单位通报，通过新闻媒体向社会公布处理结果，对群众反映的其他问题，应当及时将处理结果对举报人、投诉人进行反馈。

3. 依法追究有关人员的责任。

依法追究有关人员的责任，是社会监督发挥作用的最终体现，是纠正错误行为，避免再出现类似错误的有力保证。《中华人民共和国宪法》第41条第2款规定，对于公民的申诉、控告或者检举，任何人不得压制和打击报复，同时，《行政机关公务员处分条例》第25条规定，对压制批评，打击报复，扣押、销毁举报信件，或者向举报人透露举报情况的，给予记过或者记大过处分；情节较重的，给予降级或者撤职处分；情节严重的，给予开除处分。市县政府要建立健全包括执法责任制、行政问责制等制度在内的责任追究制度。对于社会舆论和人民群众反映的问题，经过调查、核实确实存在的，要明确有关责任人员的责任，及时将有关责任人员的处理结果向社会公布。对于打击、报复检举、曝光违法或者不当行政行为的单位和个人的，要严格按照有关规定追究有关人员的责任。

（三）加强行政复议工作

行政复议是在总结我国长期实践经验和借鉴国外成功做法基础上建立的一项重要制度，是依法、有效、快捷地解决行政争议、化解人民内部矛盾，密切政府与人民群众的关系，维护社会稳定的一条有效法律途径。市县政府要进一步加强行政复议工作，通过对具体行政行为的监督，规范行政行为，强化有权必有责、用权受监督的依法行政观念。

1. 认真执行行政复议制度。

行政复议制度作为法治政府建设的重要内容，是在党的领导下政府主导的维护群众合法权益的重要法定机制，是在法律制度的框架内解决行政机关实施具体行政行为引发的争议的有效平台。当前，我国正处于社会转型期，政府职能转变还不到位，政府的行政行为在一定程度上还存在违法或不当的现象。解决违法或者不当的行政行为引发的行政争议，需要充分发挥行政复议制度在行政监督方面的作用，认真执行行政复议制度。市县政府要认真贯彻执行行政复议法及其实施条例的规定，认真履行行政复议职责，通过办理行政复议案件，纠正或撤销违法、明显不当的具体行政行为，依法加强对市县政府具体行政行为的监督。

2. 依法受理行政复议申请。

畅通行政复议渠道，坚持便民利民原则，依法受理行政复议申请是行政复议制度真正发挥作用的前提。只有严格按照行政复议受案范围的规定，积极受理符合行政复议受案范围的行政复议申请，才能最大限度地保障群众合法的行政救济申请权。当前，一些地方和部门对行政复议法律制度还缺乏必要的认识，不善于运用行政复议手段解决矛盾和纠纷，有些地方和部门不积极受理行政复议申请，导致部分行政争议无法得到及时化解。市县政府要把畅通行政复议渠道作为工作的着力点和突破口，加强和改进行政复议工作。针对影响行政复议渠道畅通的突出问题，市县政府应当按照切实维护人民群众利益的要求，把凡是符合法定条件的行政复议申请都纳入受理的范围，积极主动地受理行政复议案件，对不积极受理、相互推诿、敷衍塞责，导致行政复议渠道堵塞的行为要严肃追究相关责任人员的责任。具体来说需要从以下三个方面着手：一是正确把握行政复议法及其实施条例关于行政复议范围的规定，对凡是符合法定条件的行政复议申请，行政机关必须受理；二是坚持行政复议便民利民的原则，从宽把握行政复议的受理条件，防止和避免不当限制人民群众申请行政复议的权利，如：申请方式可以是口头申请或书面申请；指导和帮助申请人如何申请行政复议；对认为行政机关具体行政行为侵犯其合法权益的行政相对人以及与具体行政行为有关的其他利害关系人提出的行政复议申请都应当受理；对申请材料不全或表述不清楚的，要及时通知申请人补正；主动告知行政复议权利等；三是加强与信访部门的衔接，建立信访与复议的联动机制，对符合行政复议范围的信访事项，及时受理，提高行政复议的公众知晓度和公信力。

3. 探索建立被申请人受案制度。

被申请人受案制度是指行政相对人对行政决定不服的，可以直接向作出或者送达行政决定的工作人员递交行政复议申请或者口头申请行政复议。被申请人收到申请后，应当重新审查自己做出的行政决定，如果认为确实违法或者不当的，及时纠正并告知申请人，申请人同意撤回行政复议的，被申请人将原申请书及同意撤回申请的书面记录一并交行政复议机关；如果被申请人认为自己的行政决定正确，则应当在收到申请之日起 10 日内将答辩材料及申请书一并交行政复议机关。该制度是在正式复议之前，由行政复议被申请人主动纠正自己作出的行政决定，减少行政复议机关工作量的有效途径。市县政府行政复议机构可以将被申请人受案制度作为行政复议程序的一个首要环节，一方面促使作出行政决定的行政机关主动纠正违法或不当的

161

行政决定，另一方面还可以大量减少进入行政复议范围的行政纠纷。

4. 改进行政复议审理方式。

针对当前基层政府所面临的利益主体多元化、利益冲突表面化、利益关系复杂化、行政争议解决难度大的新情况，市县政府必须不断改进行政复议审理方式，提高案件办理质量和效率，充分发挥便捷高效、解决实际问题的优势。具体来说可以从以下三个方面着手：一是采取灵活的调查审理方式，行政复议机关可以根据申请人请求或者实际情况的需要，实地调查取证，当面听取当事人意见，对于内容较为复杂的案件，还可以采取召开听证会、公开征求意见等形式进行审理；二是采取和解、调解的方式进行审理，对于法律、行政法规规定可以调解的案件，可以由行政复议机关召集有关行政主体和当事人进行调解，争取将矛盾纠纷化解在基层；三是进一步完善行政复议机关取证、鉴定、中止、终止以及撤回申请等程序。

5. 实现结案方式多样化。

市县政府行政复议机构在审理行政复议案件过程中，必然会面临各种矛盾和纠纷。为了实现"定分止争、案结事了"，尽快化解矛盾，尽量将纠纷解决在基层，市县政府行政复议机构可以灵活运用申请人因对法律认识错误主动撤案、和解、调解、裁决等结案方式，促使纠纷双方对矛盾原因进行深刻反思，在互谅互让的基础上，在不损害第三人合法权益和公共利益的前提下达成共识，从而解决矛盾和纠纷。

6. 依法公正做出行政复议决定。

行政复议决定作为对行政争议的解决表现形式，其公正性直接影响到行政复议在定分止争、增强政府公信力方面作用的发挥。市县政府行政复议机构在案件审理中，必须公正裁决，不偏袒任何一方当事人，以事实和法律作为判定案件的依据和准绳，同时，在条件成熟的地区可以建立案卷评查制度，对每一件行政复议决定都严格审查，力争做到审理结案的案件能够经得起考验。

7. 健全行政复议机构。

随着依法治国、依法行政进程的不断推进，人民群众的维权意识在逐步提高，行政争议案件在数量上和解决难度上也在逐步提高。市县政府行政复议机构在面对逐渐增多的行政争议案件时，复议机构力量薄弱、人员素质不高的状况，与实际工作的需要很不适应。为了切实解决行政复议机构建设和人员配备问题，市县政府要成立专门的行政复议机构，根据办案实际需要合理配备、充实行政复议人员，保证一般案件至少有 2 人承办，重大案件至少有 3 人承办。

8. 推行行政复议人员资格管理制度。

行政复议的办案质量是判断行政复议成效的基本标准，直接关系到行政复议的公信力和权威性。行政复议人员的专业素质是办案质量的根本保证。建立一只政治可靠、业务精湛、作风过硬的高素质行政复议工作人员队伍，是各级政府及行政复议机构有效履行职责的必要条件。因此，行政复议人员必须具备坚定的政治立场和敏锐的观察力，必须具备较高的专业知识水平，必须具备驾驭、解决复杂矛盾的能力。因此，行政复议人员应当以职业化、专业化为发展目标，通过推行行政复议人员资格管理制度，严格限定行政复议人员的资格，建立一支高素质、有水平的行政复议队伍。市县政府要积极探索建立行政复议人员资格制度，规定一定条件的资格准入，只有通过严格考核并经过实践检验合格的人员才能取得行政复议人员资格，并定期组织对行政复议人员进行业务知识培训。

（四）加强行政应诉工作

行政诉讼是人民法院依法对行政行为实施监督的有效途径，人民法院通过对具体行政行为的审查和裁决，监督行政机关严格依法行政，督促行政机关纠正错误的行政行为。市县政府必须高度重视人民法院监督对依法行政的重要意义，严格遵守法院的判决，切实履行有关法律决定。

1. 鼓励、倡导行政机关负责人出庭应诉制度。

行政机关负责人作为行政机关代表出庭应诉，是自觉接受人民法院监督的重要表现形式。实践中，直接涉及人民群众具体利益的行政行为大多数由市县政府作出，其中一些违法或者不当的行政行为，成为行政相对人提起行政诉讼的主要原因。鼓励、倡导行政机关负责人出庭应诉，直接参与公开的质辩，向社会公开有关具体行政行为的依据、判断标准以及其他相关内容，有利于提高行政机关负责人依法行政的意识，增强具体行政行为的透明度。市县政府要鼓励、倡导行政机关负责人出庭应诉，积极探索行政机关负责人出庭应诉的制度和机制，把行政机关负责人

164

出庭应诉与依法行政考核有机结合起来。例如：杭州市发布了《杭州市行政首长出庭应诉暂行办法》，对行政首长出庭应诉工作作出了明确规定，规定政府法制机构是该制度的监督、协调、指导主体，建立行政首长出庭应诉报备和分析通报制度，建立考核考评制度，将该项工作纳入年度依法行政和目标责任制的考评范围，加大考评力度。

2. 自觉履行行政诉讼判决和裁定。

行政诉讼的判决和裁定，是司法机关依据法律和事实对有关具体行政行为的判定，是司法机关履行监督职能的直接表现形式。能否自觉履行行政诉讼判决和裁定，成为衡量行政机关是否依法行政的重要标准。市县政府要高度重视行政诉讼判决和裁定的执行工作，充分认识执行判决和裁定的重要性，建立有关制度对有关机构和部门执行情况进行监督检查，对不按照法律规定履行判决和裁定的要追究有关责任人员的责任，并将该项工作纳入年度依法行政情况的考核范围。

（五）积极推进政府信息公开

推行政府信息公开，是提高科学执政、民主执政、依法执政能力和水平，构建社会主义和谐社会的必然要求；是推进社会主义民主，建设法治政府的重要举措；是建立行为规范、运转协调、公正透明、廉洁高效的行政管理体制的重要内容。强化对行政行为的监督，必须实行政府信息公开，提高政府工作的透明度。政府立法活动和各项决策的公开，不仅是方便人民群众对政府监督，也是向人民群众加强宣传，赢得人民群众对政府工作支持的重要基础。

市县政府要严格按照政府信息公开条例的具体要求，根据本地实际建立相应的配套制度，科学处理好依法保密和政务公开的关系。

1. 认真组织学习政府信息公开条例。

为了保障公民、法人和其他组织依法获取政府信息，提高政府工作的透明度，充分发挥政府信息对人民群众生产、生活和经济社会活动的服务作用，政府信息公开条例从加强对政府信息公开工作的领导、建立健全政府信息公开工作制度、建立健全政府信息发布协调机制、明确政府信息公开的范围、明确政府信息公开的方式和程序、建立健全政府信息公开工作考核制度以及责任追究制度等方面，规定了各级人民政府及县级以上人民政府部门在政府信息公开工作中的具体职责，这些内容对于市县政府如何看待政府信息公开工作，如何开展政府信息公开工作，如何保障政府信息公开工作的实施等方面都具有重要的指导意义。因此，市县政府及其部门要通过各种渠道使广大人民群众了解条例的各项规定，学会依法获取政府信息，维护自己的合法权益。要加强对行政机关工作人员特别是领导干部的教育培训，并对政府信息公开条例涉及的有关内容进行考核，增强政府信息公开意识，提高做好政府信息公开工作的能力。

2. 建立健全市县政府信息公开工作制度。

近年来，各级政府根据政府信息公开条例的规定，把政府信息公开作为推进基层政府依法行政的突破口，落实各项制度机制，对规范政府行为起到了积极作用。以上海市为例，从 2004 年《上海市政府信息公开规定》发布以来，上海市在"以公开为原则，不公开为例外"的原则下，对政府信息进行了梳理，利用联席会议的平台作用，注重与信息化手段紧密结合，建立了长效工作机制，取得了较好的效果。市县政府要按照自身实际情况，充分利用现有工作基础，建立健全政府信息公开工作制度，确定负责政府信息公开工作的机构，对信息公开的范围、方式等内容作明确规定。市县政府各部门要指定机构负责本单位政府信息公开的日常工作，理顺内部工作机制，明确职责权限。

3. 做好政府信息公开指南和公开目录的编制、修订工作。

政府信息公开是富有开创性的实践，针对政府信息的界定、政府信息公开与不公开的界限、公开工作中的保密问题，以及各类历史遗留问题，在政府信息公开工作中都应当认真应对并建立相应制度予以解决。市县政府直接面向基层，人民群众对于关系自己切身利益的问题较为关注，如何解决好这方面的信息公开问题，成为市县政府信息公开工作中的重点，也是难点。下一步，市县政府要做好政府信息公开指南和公开目录的编制、修订工作，要以关键领域为重点，加快政府信息的清理，对重大问题特别是关系到公共服务、社会管理中涉及民生问题的政府信息，要加大主动公开力度，并在所有政府信息查阅场所和政府网站免费提供。

4. 健全市县政府信息公开发布机制。

政府信息公开发布机制具体包括由谁发布、如何发布、发布时间等内容，其机制是否健全直接关系到政府信息公开的质量和效果。市县政府要认真贯彻落实政府信息公开条例，对本级政府的信息公开发布机制进行评估，总结制度设计和实施中的经验，发现存在的问题，对该项制度进行修改和完善，进一步明确信息公开发布的主体、程序、形式，明确主动公开与依申请公开的具体办法。要加快政府网站信息的维护和更新，落实政府信息公开载体，确定政府信息公开场所，保障政府信息公开渠道的畅通，为公民、法人或者其他组织获取政府信息提供便利。

5. 健全市县政府信息公开工作考核、社会评议、年度报告、责任追究等制度。

随着政府信息公开制度的不断推进和完善，各地对于如何贯彻落实政府信息公开条例，做好信息公开工作制定了一系列的配套措施，其中对政府信息公开工作的考核、社会评议、年度报告、责任追究等制度，对保障政府信息公开工作起到了重要作用。市县政府要加强政府信息公开的配套制度建设，包括建立政府信息网上处理系统，完善年度评估制度，加强业务指导和咨询等工作，以方便人民群众查询为目标，优化现有信息发布系统，对信息公开工作进行考核，将信息公开工作的质量高低与政府年度依法行政考核挂钩，以社会评议和年度报告为标准，对政府信息工作中有关责任人员的责任进行追究，保障政府信息公开工作的顺利开展。

6. 严格依法、及时、准确公开政府信息。

依法、及时、准确公开政府信息，是保障人民群众及时获知政府信息并能够以此为依据对政府进行监督的必要条件。市县政府要拓宽政府信息公开渠道，不断完善政府信息公开机制，做到政府信息依法、准确、及时公开。对于人民群众要求公开的政府信息，市县政府要及时予以答复，做到依法可以公开的信息要及时、准确公开，依法不能公开的信息要及时做好宣传教育工作。

第七章　增强社会自治功能

一、社会自治的内涵和特征

社会自治是指基层群众性自治组织、社会组织对自主范围的事情的自我管理、自我服务、自我教育、自我监督。

社会自治的特征：一是从主体上来看，现阶段，我国社会自治主体主要包括村民委员会、居民委员会等基层群众性自治组织和社会团体、民办非企业单位、基金会等社会组织。二是从开展活动的依据来看，各种社会自治主体在成立之时，一般都会制定一些由全体成员共同遵循的自治章程、村规民约、居民公约、成员守则等的规定，这些规定虽不属于国家的法律范畴，但是，也不得与法律、法规、规章和国家政策相抵触，同时，对于限制和影响公民人身权利、民主权利和合法财产等的内容，属于法律保留事项，这些内容在规定中都不得涉及。三是从与政府管理的关系来看，政府管理与社会自治的对象都是公共事务，追求的都是公共利益，不同的是，政府管理主要针对重要的、基础的、全面的涉及国家安全、经济社会稳定的公共事务，而社会自治则主要针对一般的、区域的、行业的涉及部分群体切身利益的公共事务。

增强社会自治功能对于全面推进依法行政、加快法治政府建设，促进经济社会发展，发展基层民主，都具有重大意义。

第一，增强社会自治功能是加强市县政府依法行政的重要前提。在行政管理实践中，市县政府是整个政府体系中与基层、与社会联系最为密切的一个部分，市县政府的一举一动往往都直接涉及公民、法人和其他组织的切身利益。只有严格界定市县政府行政管理与社会自治之间的权限划分，正确处理两者之间的关系，充分发挥基层群众性自治组织和社会组织在社会管理和公共服务中的作用，才能更好地推进市县政府依法行政。

第二，增强社会自治功能是适应我国经济社会发展变化的客观要求。随着我国社会主义市场经济的不断发展，社会结构正在深刻变化，社会利益关系正在深刻调整，社会生活正在日益丰富，这对加强社会建设和管理提出了新的更高要求。为了适应这一新要求，除了政府本身需要不断转变自己职能、改变自己的管理方式外，社会自治主体也要不断增强自己的自治功能，以实现国家和社会的良性互动，达到社会和谐发展的目标。

第三，增强社会自治功能是发展基层民主，保障人民享有更多更切实民主权利的重要基础。人民依法直接行使民主权利，管理基层公共事务和公益事业，实行自我管理、自我服务、自我教育、自我监督，对干部实行民主监督，是人民当家作主最有效、最广泛的途径，这也是发展社会主义民主政治的基本要求。为了实现这个目标，只有不断增强社会自治功能，才能更好地发挥人民群众的主动性、积极性，也才能充分地保障人民群众的知情权、参与权、表达权和监督权，从而真正实现自己的民主权利。

二、增强社会自治功能的背景

新中国成立以来，特别是改革开放以来，党和政府通过积极发展村民自治、城市居民自治、社会组织参与等各种形式的基层民主，有效发挥社会自治功能，有力地提高人民有序政治参与的能力和水平，为基层经济、社会、文化等事业的健康发展提供了重要的政治保障。

（一）基层群众性自治组织的发展

一是村民自治的发展。20 世纪 70 年代末 80 年代初，在我国农村，家庭联产承包责任制广泛推行，人民公社体制迅速瓦解，农村基层的组织管理陷入困境。1980 年底，广西壮族自治区宜山、罗城两县一些农民首创村民委员会自治组织。1982 年 12 月，第五届全国人民代表大会第五次会议通过的《中华人民共和国宪法》明确规定，村民委员会是基层群众性自治组织，村民委员会同基层政权的相互关系由法律规定。1983 年 10 月，中共中央、国务院发布《关于实行政社分开建立乡政府的通知》，强调村民委员会应按村民居住状况设立。村民委员会要积极办理本村的公共事务和公益事业，协助乡人民政府搞好本村的行政工作和生产建设工作。各地可根据当地情况制定村民委员会工作简则，在总结经验的基础上，再制定全国统一的村民委员会组织条例。1987 年 11 月，第六届全国人大常委会第二十三次会议通过《中华人民共和国村民委员会组织法（试行)》，强调乡、民族乡、镇的人民政府对村民委员会的工作给予指导、支持和帮助。村民委员会协助乡、民族乡、镇的人民政府开展工作，向人民政府反映村民的意见、要求和提出建议。1990年9月，民政部下发《关于在全国农村开展村民自治示范活动的通知》，强调要有组织、有计划、有步骤地在农村基层逐步实现村民自治，为此，民政部门决定在全国农村开展村民自治示范活动，并对村民自治示范的基本内容、示范单位的标准作了具体规定。1994年2月，民政部发布《全国农村村民自治示范活动指导纲要（试行)》，对村民自治示范活动的目标、任务、标准、工作原则、指导方针和工作措施作了全面部署，并首次提出建立民主选举、民主决策、民主管理、民主监督的系统程序和制度。1998年11月，修订后的《中华人民共和国村民委员会组织法》颁布，以"四个民主"为核心的村民自治工作在各地全面展开，更加有效地保障了农村村民实行自治，由村民群众依法办理自己的事情，有力地推动了农村基层民主的进一步发展。

二是城市居民自治的发展。1954年12月，全国人民代表大会常务委员会通过了《中华人民共和国城市居民委员会组织条例》，之后，我国城市居民委员会普遍建立起来。条例规定居民委员会的主要任务是，广泛反映人民意见，传递和推行政府法令，加强政府与群众的联系；协助政府做好城市的管理与建设，稳定社会秩序；动员群众，发展生产，救助烈军属和市民等困难群体。1982年12月，第五届全国人民代表大会第五次会议通过的宪法明确规定，居民委员会是基层群众性自治组织，居民委员会同基层政权的相互关系由法律规定。1987年6月，国务院下发了《国务院批转民政部关于加强城市街道居民委员会工作报告的通知》，明确今后一个时期居民委员会的主要工作是，要同本居住地区的机关、团体、部队、企事业等单位密切配合，共同建设社会主义精神文明；要采取多种形式，在居民中普及法律知识，增强居民的法制观念；要充分发挥自我服务的作用，广泛发动群众，动员社会力量，大力兴办便民、利民的生产、生活服务事业；要组织居民参加社会事务的民主管理，行使人民当家做主的权利；要充分发挥居民委员会在城市文明建设中的作用，真正把居民委员会建设成为有活力、有威望的基层群众性自治组织，1989年12月，第七届全国人大常委会第十一次会议通过《中华人民共和国城市居民委员会组织法》，强调居民委员会是居民自我管理、自我教育、自我服务的基层群众性自治组织。不设区的市、市辖区的人民政府或者它的派出机关对居民委员会的工作给予指导、支持和帮助。居民委员会协助不设区的市、市辖区的人民政府或者它的派出机关开展工作。《城市居民委员会组织法》的颁布施行，标志着我国城市居民委员会建设进入一个新的历史发展阶段。为进一步依法建设好居民委员会，团结、动员和带领广大居民群众，促进城市的社会主义物质文明和精神文明建设，发挥了十分重要的作用。

（二）社会组织的发展

随着全面建设社会主义小康社会的不断推进和社会公

共需求的持续增长，社会组织作为科学发展、社会和谐的积极力量，在扩大群众参与、反映群众诉求、加强行业自律、发展公益事业、繁荣中华文化、拓展国际交流等方面发挥着越来越重要的作用。社会组织的数量快速发展，种类日益多样，规模逐步强化，社会作用和影响力不断拓展，呈现出良好的发展态势。

"社会组织"这一概念是对曾经使用过的非政府组织、非营利性组织、民间组织等提法的改造和提炼，它首次出现在党的文件中是在十六届六中全会的决定中，在十七大报告中得到了进一步确认和完善。现阶段，我们所指的社会组织主要由各种社会团体、民办非企业单位、基金会等组成。近些年来，我国社会组织的建设和管理工作取得了积极进展，政策法规逐步健全，主要体现在三个层次：第一，有关社会组织事务管理的法律法规，如《社会团体登记管理规定条例》、《民办非企业单位登记管理暂行条例》、《基金会管理条例》等；第二，有关对一些社会组织进行专门规定的法律法规，如《中华人民共和国红十字会法》、《中华人民共和国工会法》等；第三，在一些法律法规中还特别强调鼓励和支持社会组织通过各种形式参与相关领域的管理和服务工作，如《中华人民共和国就业促进法》第9条规定，工会、共产主义青年团、妇女联合会、残疾人联合会以及其他社会组织，协助人民政府开展促进就业工作，依法维护劳动者的劳动权利；《残疾人就业条例》第4条规定，国家鼓励社会组织和个人通过多种渠道、多种形式，帮助、支持残疾人就业。

同时，针对政社不分的问题，国家也采取了多种积极措施，取得较好的实际效果。一是严格控制党政机关领导干部在社会组织中兼职，切实保证社会组织的独立性和自主性。1998 年 3 月，中办、国办发布《中共中央办公厅、国务院办公厅关于党政机关领导干部不兼任社会团体领导职务的通知》，要求县及县以上各级党的机关、人大机关、行政机关、政协机关、审判机关、检察机关及所属部门的在职县（处）级以上领导干部，不得兼任社会团体（包括境外社会团体）领导职务（含社会团体分支机构负责人）；因特殊情况确需兼任社会团体领导职务的，必须按干部管理权限进行审批。1998 年 11 月、1999 年 10 月，民政部、中组部又分别发布《民政部关于对〈中共中央办公厅、国务院办公厅关于党政机关领导干部不兼任社会团体领导职务的通知〉有关问题的解释》、《中共中央组织部关于审批中央管理的干部兼任社会团体领导职务有关问题的通知》，对相关具体操作问题作了进一步明确。二是着力理顺政府与社会的关系，依法界定和规范社会管理和公共服务的职能。2004 年 3 月，国务院发布的《全面推进依法行政实施纲要》，强调凡行业组织或者中介机构通过自律能够解决的事项，除法律另有规定外，行政机关不要通过行政管理去解决。三是改革行业协会，坚持政会分开。2007 年 5 月，国务院办公厅发布《国务院办公厅关于加快推进行业协会商会改革和发展的若干意见》，强调行业协会要严格依照法律法规和章程独立自主地开展活动，切实解决行政化倾向严重以及依赖政府等问题，要从职能、机构、工作人员、财务等方面与政府及其部门彻底分开，目前尚合署办公的要限期分开。行业协会使用的国有资产，要明确产权归属，按照有关规定划归行业协会使用和管理。建立政府购买行业协会服务的制度，对行业协会受政府委托开展业务活动或提供的服务，政府应支付相应的费用，所需资金纳入预算管理。

但是，我们也要看到，现阶段社会自治的能力和水平还不高不强，存在不少问题，与依法行政的要求还有不小差距，社会自治功能还没有得到有效发挥。一是社会组织自律管理不够规范，作用有待进一步发挥。二是基层群众性自治组织的积极性、主动性还没有被完全调动起来，政府干预自治组织自治范围事情的现象时有发生。三是有的政府部门动用行政资源直接开展社团活动，政府办社团事，以政府行为替代社会组织行为的现象还比较普遍。

三、增强社会自治功能的具体措施

根据党的十七大精神和有关要求，为切实增强社会自治功能，《决定》从以下几个方面做出具体规定：

（一）建立政府行政管理与基层群众自治有效衔接和良性互动的机制

一是要严格执行村民委员会组织法和城市居民委员会组织法，扩大基层群众自治范围，充分保障基层群众的民主权利。在农村，要保障农村居民依法行使民主选举、民主决策、民主管理、民主监督的权利，不断提高村民依法行使民主权利的能力和水平；要大力加强基层政权建设，注意从基层选拔、培养优秀干部，同时，鼓励年轻干部和大学生到基层建功立业，进一步增强市县政府及其部门实施社会管理、提供公共服务，依法行政、依法办事的能力和水平；要强化村务管理的监督制约机制，健全村务公开制度，做到凡是依法应当公开的村务工作都要建立健全制度，并严格执行。在城市，要规范基层政府和社区的关系，充分发挥社区居民在民主决策方面的主体作用，有效发挥街道、居委会的管理和服务职能，对社区内公共事务进行民主决策，努力提高社区居民自我管理的能力和水平；要实行居民委员会事务公开，凡是居民关心的难点、热点和涉及全体居民切身利益的重大事务，都要及时向居民公开；居民委员会要积极协助政府做好社会管理和公共服务，实现政府行政管理和社区自我管理有效衔接、政府依法行政和居民依法自治良性互动。

二是要严禁干预基层群众自治组织自治范围内的事情，不得要求群众自治组织承担依法应当由政府及其部门履行的职责。市县政府要领导好所属各工作部门和下级人民政府的工作，及时改变或撤销所属工作部门不适当的命令、指示和下级政府不适当的决定、命令，指导、支持、帮助群众自治组织开展工作；要明确市县政府及其部门与基层群众自治组织之间的关系是指导与被指导，不是领导与被领导，两者性质不同，不存在隶属关系，组织上表现为联系、协助，而不是服从关系，工作上表现为委托、引导、宣传、教育、培训、动员等方式，而不是命令、布置和指挥；要切实改变行政管理方法，尊重村民或居民的自治权，

178

在选举时不能内定干部，尊重村民或居民民主选举的权利，在工作上不能将群众自治组织当作自己的下级。要减轻基层群众性自治组织的工作负担，市县政府及政府各部门要切实尊重村民委员会、居民委员会的法律地位，凡属政府职能部门职责范围内的工作，不要推给村民委员会、居民委员会，确需居民委员会帮助完成的事项，应当由政府及政府各部门统一安排，不得直接给居民委员会布置工作，随意分派任务。

（二）充分发挥社会组织的作用

一是市县政府及其部门要加强对社会组织的培育、规范和管理。除了在政府立法中设定行政机关权力的同时，赋予社会组织必要的权利，给他们实现自我管理留下必要的空间外，市县政府及其部门要依法支持、鼓励、指导他们自主实现公共管理目标；建立社会团体参与公共管理机制，在相关法规或文件中，将政府公共决策应听取社会团体意见，作为法定程序加以规定；健全社会团体财政扶持政策，把购买服务纳入政府采购范畴，推动以公开招标的方式向社会团体等购买服务，同时，针对社会团体的非营利性质，制定相应的优惠政策和配套措施，营造社会团体发展及发挥作用的良好环境；强化社会团体独立法人地位，坚持市场化、民间化方向，加快推动社会团体在机构、人事、资产、财务等方面与政府部门脱钩；建立现代社会组织制度，完善权责明确、协调运转、有效制衡的法人治理结构，强化章程的核心地位，明确会员大会、理事会、监事会和管理层的职责，健全议事、选举、机构、财务、人事等运行机制；加快社会团体人事管理、社会保障、职称评定、职业建设等政策的配套建设，培训社会团体的专门人才，加强社会工作人才和志愿者队伍建设。

二是把社会可以自我调节和管理的职能交给社会组织。要加快推进政府职能转变，进一步理顺政府部门与社会组织的关系，给社会组织发展留有空间，对社会组织能够自主决定和自律管理的事项，如对一些技术性、操作性强的具体事务，一些微观管理、各种培训、评比表彰等事项，市县政府及其部门一般不要介入。

三是进一步增强实施社会管理、提供公共服务的作用和能力。市县政府及政府各部门要积极与社会组织进行合作，善于通过举行听证会，召开座谈会、研讨会、论证会，提出书面意见或在报纸、网络公开征求意见等形式，善于通过行政指导、行政合同等方式，善于通过与政府谈判、协商等方法，更好地反映群众诉求，更好地参与公益事业、公共事务等的发展，充分发挥社会组织在公共事务管理中的主动性和积极性。

（三）营造依法行政的良好社会氛围

依法行政需要人民群众、基层群众性自治组织、社会组织的参与、监督和支持，也离不开良好的法制环境。市县政府及其部门要采取多种形式和措施，深入开展法制宣传教育，弘扬法治精神，促进自觉学法守法用法社会氛围的形成。要精心组织普法活动，积极营造尊法、守法、依法办事的良好环境；要突出加强宪法宣传教育，提高社会公众的宪法意识，自觉维护宪法权威，使宪法在全社会得到遵守；要大力宣传与社会公众密切相关的法律法规，注重增强人们的民主意识、法治意识、权利意识和义务意识；要加强宣传部门、新闻媒体与行政执法部门的沟通协调，务使法制宣传教育取得实效；要树立社会主义民主法治、自由平等、公平正义理念，充分发扬社会主义民主特别是发展基层民主，保障人民享有更多切实的民主权利，确保全体公民享有平等的政治地位和社会地位，妥善协调社会各方面的利益关系，正确处理各种社会矛盾，切实维护和实现社会公平和正义。

第八章 加强领导，明确责任，扎扎实实地推进市县政府依法行政

《纲要》颁布以来，各省（自治区、直辖市）、市、县人民政府在党中央、国务院的正确领导下，紧紧围绕贯彻落实《纲要》，加强领导，明确责任，做了大量扎实有效的工作，取得了明显成效。同时，我们也要清醒地看到，推进依法行政工作依然存在一些不容忽视的问题。

第一，当前推进依法行政工作的进展还不够平衡。纵向比较，工作力度自上而下呈逐级递减的趋势。特别是市县政府推进依法行政工作的进展缓慢。横向来看，不同部门之间以及不同地区之间也存在差距。

第二，在依法行政工作的推动上重点不突出，措施不具体。个别单位制定的年度依法行政实施方案过于原则，或制定的措施不够具体，操作性不够强。

第三，目前很多市县政府法制机构的现状与依法行政工作的要求还有不相适应的地方：一是由于政府法制机构的力量仍很薄弱，特别是基层政府法制工作机构力量薄弱，人员不足，难以发挥组织协调、督促指导、推动落实的作用。二是政府法制机构工作人员的素质有待进一步提高，

还不能完全适应依法行政的要求。

为进一步加强市县政府依法行政的能力，巩固党的执政基础、深入贯彻落实科学发展观、适应构建社会主义和谐社会以及加强政府自身改革和建设的客观要求，《决定》针对上述问题，对推进市县政府依法行政的组织领导和工作要求从以下五个方面作出了具体规定。

一、省级政府要切实担负起加强市县政府依法行政的领导责任

（一）加强工作指导和督促检查

省级政府在推进市县政府依法行政中起着承上启下的重要作用，推进市县政府依法行政工作能否取得成效，很重要的是省级政府的重视程度和推进力度。有鉴于此，《决定》规定，各省级政府要切实负起责任，把加强市县政府依法行政作为当前和今后一个时期建设法治政府的重点任务来抓，加强工作指导和督促检查。具体来说，省级政府应从以下几个方面着手：

第一，要带头依法行政。我国行政层级领导的特点，决定了上级政府的行政方式对下级政府具有重要的示范和带动作用。各省级政府要切实把依法行政作为政府运作的基本准则，带头依法决策、依法发布决定和命令、依法履行职责、依法解决矛盾和问题，并大力支持市县政府依法行政，切实为市县政府树立榜样。

第二，要进一步建立健全领导体制和工作机制。坚持把推进依法行政工作作为"一把手工程"来抓，成立省级

政府推进市县政府依法行政工作领导小组，领导小组要定期召开工作会议，审议上一年度推进依法行政工作任务完成情况，研究部署下一年度的重点工作，为推进依法行政工作提供强有力的组织保障。

第三，要制定规划，明确任务。各省级政府要在充分调研的基础上，紧密结合实际，制定各地关于加强市县政府依法行政工作的实施意见及其任务分解方案，明确加强市县政府依法行政工作的主要任务和目标，并将每项重点任务详细分解到相关责任部门和市县政府，每年研究制定推进市县政府依法行政的工作要点，形成长期有规划、年度有安排、年中有检查、每年有评估和总结的机制，确保《决定》得到贯彻执行。

（二）大力培育依法行政先进典型，及时总结经验、交流和推广经验，充分发挥典型示范带头作用

《决定》规定，要大力培育依法行政的先进典型，及时总结、交流和推广经验，充分发挥典型的示范带头作用。省级政府应从以下几个方面切实抓好该项工作：

第一，积极开展依法行政示范创建活动。例如，江西省出台了《江西省依法行政示范单位创建办法》。2007 年，确定 2 个设区市、12 个县（市、区）、7 个省直部门为示范单位。河北省于 2005 年 9 月和 2007 年 3 月，先后确定 15 个县（市、区）作为依法行政示范县，19 个行政执法部门作为依法行政示范单位，在全省开展了依法行政示范创建活动。

第二，加强监督，充分发挥示范带动作用。例如，河

北省政府于2006年5月和2007年7月两次召开依法行政示范创建经验交流会。省政府法制办领导先后两次分头带队逐一走访示范县、示范单位，进行调研督导。各示范县、示范单位制定实施方案，深入开展创建活动，加大推进依法行政力度，充分发挥了示范带动作用。

第三，注重对示范县、示范单位经验的总结和宣传。例如，河北省对永年县规范性文件合法性审查、兴隆县行政复议工作经验的宣传和推广，在各级行政机关和社会上就引起强烈反响，对各地各部门的依法行政工作起到很大的促进作用。

（三）建立依法行政考核制度

依法行政考核制度对于促进市县各级行政机关和工作人员依法行政能力的提高，自觉将依法行政作为工作的准则和基本要求，保障各种行政行为的合法性、科学性、有效性具有重要意义。根据《决定》，各省、自治区、直辖市人民政府应从以下几个方面构建依法行政考核制度：

1. 依法行政考核应当坚持的基本原则。一是责任政府原则。要明确规定考核是各级政府及其部门应尽的职责。二是民主原则。明确赋予人民群众参与考核的权利，包括参与评议考核指标体系构建、考评方法选择、考评主体确定、考评程序制定的权利。三是公开原则。要通过立法来明确规定考核的对象、目的、指标、主体、方法、结果的运用和奖惩措施，以及有关评议考核或者影响评议考核的信息公开渠道等。四是科学原则。科学合理地规定考评主体、对象以及其他考评组织等考评活动参与者的权利义务；科学合理地规定考评程序、信息采集、考评报告内容、信息披露和结果运用等；考评制度应当尊重和反映考评活动的客观规律。

2. 明确考核对象和主体。依法行政工作考核制度既适用于各省级政府对市县政府的考核，也适用于对市县政府直属单位和下一级政府的考核。应明确各级行政机关的主要负责人是本机关全面推进依法行政的第一责任人，同时将依法行政工作考核责任分解到政府的各个部门。省级政府应建立依法行政考评小组，具体负责考核工作。

3. 完善考核标准和内容。应把是否依照法定权限和程序行使权力、履行职责作为衡量市县政府及其部门各项工作好坏的重要标准。依法行政工作考核的内容至少应包括以下几个方面：第一，是否依法决策。第二，是否依法制定发布规范性文件。第三，是否依法实施行政管理。第四，是否依法受理和办理行政复议案件。第五，是否依法履行行政应诉职责。

4. 优化考核指标和方式。考核指标可以包括依法行政工作的组织领导、政府职能转变情况、制度建设质量、规范行政执法、行政监督制度等内容，并可根据各地的实际情况进行调整。需要强调的是，这一指标体系应是一个开放的系统，可根据不同时期依法行政进程进行指标赋值和修正系数的修改，为不同时期不同条件下依法行政提供考核参数。各指标所占的比重则应经过定量分析和相应的测

186

算。考核可以行政机关自查自评为基础，采取日常考核与年终考核、群众评议与组织考评、材料审查与实地抽查、定性考核与定量考核相结合、部门交叉考核与邀请人大、政协及相关专家和普通群众组成考核组相结合的方式进行。

5. 规范考核程序。考核程序可包括以下四个环节：第一，自查自评。被考核单位于每年年初对上一年度的依法行政情况，根据考核办法逐项自查自评，并向省级政府提交书面报告。第二，检查考核。考核机关根据自查自评情况和实际需要，安排检查考核，并可以抽查被考核单位的下属单位的依法行政工作情况，与被考核单位的考核结果挂钩。第三，结果评定。考核机关根据检查考核情况，对照具体的考核指标，评定最终考核结果；考核结果可分为优秀、良好、合格、不合格等等次。第四，异议处理。被考核单位对考核结果有异议的，可以按照规定向考核机关提出申诉；考核机关视情况核查，将结果通知申诉单位。

6. 落实考核结果。各地要建立健全考核档案，将被考核对象的情况及时予以记录，年终进行全面考核。考核结果要切实与行政问责及干部奖惩制度、干部任免相挂钩，形成以权责相统一为导向的管理体制。

省级政府可选择几个基层政府作为实证分析对象进行模拟考评，从而检验各项考评指标和等级标准是否符合实际，并据此进一步修正完善整个指标体系。

（四）实行行政问责制和绩效管理制度

党的十七届二中全会《关于深化行政管理体制改革的意见》明确规定，要建立科学合理的政府绩效评估指标体系和评估机制，健全以行政首长为重点的行政问责制度，明确问责范围，规范问责程序，加大责任追究力度，提高政府执行力和公信力。这既是深化行政管理体制改革的重要内容，也是建设服务型政府的必然要求。据此，《决定》规定，应加快实行以行政机关主要负责人为重点的行政问责和绩效管理制度。

1. 行政问责制。建立问责制，就是要督促行政首长认真检查责任部门、责任单位的工作制度和工作状况，及时查堵工作的漏洞和隐患，切实依法履行好工作职责，真正体现"权为民所用、利为民所谋"的理念。问责制既是建设责任政府的客观要求，也是推进依法行政的重要保证。只有权责统一，才能形成依法行政的基石。实行行政问责制关键是把握以下"四个问"：

一是谁"问"，即法律行为的主体是谁。当前地方政府行政问责主要停留在行政体系内部的等级问责，即上级问责下级。行政问责制应该是同体问责和异体问责的双重结合，从实际的角度看，异体问责是一种更有效、更具公信力、更符合民主政治要求的问责方式。因此，行政问责的主体既应有同体的问责主体即上级机关，更应有包括社会公众（公民、社会团体、新闻媒体等）、权力机关（各级人大）、司法机关、民主党派等在内的异体问责主体，并且要强化异体问责，拓宽公众参与问责的渠道，充分发挥行政体制外部问责主体的监督、问责作用。

二是"问"谁，即法律行为的对象是谁。要确定问责对象，关键是要确定政府及其工作人员的职责权限，根据权责对等的原则进行问责，即享有多大权力就承担多大责任，谁行使权力就由谁负责的原则。要明确行政决策权限，须从以下两方面入手：横向方面，要明确哪些问题应当由集体讨论，哪些问题应当由个人负责。重大问题一定要由集体讨论和决定。主要是通过划清重大问题和非重大问题的界限建立明确的议事规则，防止领导者个人决定重大问题和推卸责任的现象。通过具体的制度，明确各级政府内集体决策的问题和行政首长职权范围内的问题。纵向方面，明确规定行政决策主体上下级的职责权限，并进行具体划分，由法律提供有效保障。尤其是在上级与下级的事权、财权和干部人事决策权限的划分上，应该用列举的方式加以具体规定，以防止法律的任意解释和上级、下级的相互侵权。这样，有利于形成行政决策主体上下级之间在权责关系上互相合作、互相监督、互相约束的机制。在明确决策权限的基础上，还必须划分清楚决策参与者的责任，要按照谁参与、谁决策、谁负责的原则进行问责。

三是"问"什么，即"问"的具体内容是什么。《决定》规定，市县政府不履行对依法行政的领导职责，导致本行政区域一年内发生多起严重违法行政案件、造成严重社会影响的，要严肃追究该市县政府主要负责人的责任。

这就要求地方政府的问责制要从单纯追究"有过"向既追究"有过"又追究"无为"转变，不仅要对发生的重大事故问责，而且要对错误的决策问责；不仅要对滥用职权的行政作为问责，而且要对故意拖延、推诿、扯皮等行政不作为问责；不仅对犯了法、有了错要问责，而且对能力不足、履职不力、施政不佳、执政不力、行政不作为、乱作为等方面也要问责，要把事前、事中、事后各个时期的问责结合起来。

四是"问"后的处理，即关于责任的规定。对于问责后的处理，要把惩罚和弥补、鼓励和奖励结合起来。要依照考察结果，落实承担不同责任的种类与形式，采取不同的惩处措施。比如，对行政人员承担的行政责任主要有行政处分，如警告、记过、记大过、降级、撤职、开除等六种。对于国家行政机关及其行政人员做出较大成绩和突出贡献的，也要依法给予激励，以充分调动其积极性，培养务实的行政作风。

2. 绩效管理制度。温家宝总理在十届全国人大三次会议上的《政府工作报告》和2006年关于"加强政府自身建设，推进政府管理创新"电视电话会议上，对开展政府绩效管理工作提出了明确要求。近年来，有不少地方在试行绩效管理方面进行了积极的探索，积累了宝贵的经验，为推进这项工作奠定了较好的基础。但实行政府绩效管理制度在我国还处在起步阶段，需要在实践中不断探索。各地方应结合实际，按照积极稳妥、试点先行的原则，试行政府绩效管理制度。在工作中，要全面贯彻落实科学发展观和正确政绩观，坚持绩效导向；鼓励创新、协调发展，坚持科学规范、客观公正、群众公认；坚持统筹规划、分级负责、分类指导，充分发挥绩效评估的导向和激励约束作用，不断提高政府管理水平和服务水平。在试行绩效管理制度的过程中，要抓住以下三个关键环节：

一是科学设定绩效评估的主要内容和指标体系。评估内容和指标的设定，既要重视当前发展，又要重视可持续发展；既要关注城市发展，又要重视农村发展；既要重视经济指标，又要重视社会指标、人文指标、环境指标、生态指标以及依法行政指标。要把贯彻落实党的路线方针政策和国家法律法规、实现经济社会发展目标、可持续发展状况、公共服务水平、社会和谐稳定以及控制行政成本、勤政廉政等情况，作为评估的主要内容和设立指标的基本依据，做到既科学合理又易于操作。

二是探索建立客观公正的评估机制和基本方法。要建立健全内部考核与公众评议、专家评价相结合，定性评估与定量评估相结合，平时评估与定期评估相结合的评估机制。同时，要研究和完善指标考核、公众评议等具体办法，确保绩效评估的客观性和公正性。

三是建立有效运用绩效评估结果的相关制度。要按照奖优、治庸、罚劣的原则，建立和完善相应的奖惩制度，把绩效评估与加强政府自身建设，以及与依法行政考核制度、公务员的考核、选拔任用、职务升降、辞职辞退、奖励惩戒等有机结合起来，充分发挥绩效评估在改进政府工作和考核评价干部等方面的重要作用。要研究建立绩效预算制度和审计制度，逐步形成绩效管理的长效机制。

3. 行政问责制与绩效管理制度应紧密结合。一方面，政府绩效管理是行政问责的基础和前提，行政问责要以绩效评估指标作为依据。抓紧建立政府绩效管理的指标体系，把问效与问责结合起来。另一方面，行政问责是促进绩效管理不断优化和落实的重要途径。通过行政问责，可以从源头上对政府及其工作人员的权力、职责进行约束和规范，将压力与动力、权力与责任、能力与效力有机地统一起来。

二、市县政府的组织领导责任

市县政府要根据《纲要》、《决定》及本省的工作规划要求，结合自身实际制定推进依法行政工作的五年规划和每年的详细计划，明确不同阶段的工作任务、工作重点，并将依法行政工作任务和职责分解落实到具体部门和单位。

（一）建立健全领导监督和协调机制

根据《决定》，市县政府要在党委的领导下对本行政区域内的依法行政负总责，统一领导、协调本行政区域内依法行政工作，建立健全全面推进依法行政工作领导机构和工作机构，实行行政首长负责制，主要负责人要切实担负起依法行政第一责任人的责任。建立依法行政工作情况定期报告制度和领导小组会议制度、领导小组成员单位联

192

络员制度，制定和落实办公室工作职责，加强对依法行政工作的组织领导、协调指导和督促检查，形成逐级抓落实的领导体系和运转科学有序的工作机制。

（二）建立健全依法行政考核机制

各市县政府可以在省级政府依法行政考核机制的基础上，根据自身特点把依法行政纳入行政机关和公务员年度目标考核指标体系，纳入各地投资环境评价体系，纳入领导干部政绩考核体系。同时把行政执法效能纳入行政机关的考评体系，将行政职权的行使与行政问责和干部奖惩制度挂钩。将是否依法决策、是否依法制发规范性文件、是否依法实施行政管理、是否注重发挥行政复议的作用、是否依法履行行政应诉职责、是否及时执行行政复议决定和人民法院生效判决等情况作为考核的重要内容。对下级政府和政府部门违法行政、造成严重社会影响的，要严肃追究该级政府或者政府部门主要负责人的责任。

三、加强市县政府法制机构和队伍建设

全面推进依法行政、建设法治政府，涉及面广、难度大、要求高，专业性技术性强。政府的法制机构在依法行政、建设法治政府的进程中，担负着"综合协调、督促指导、政策研究、情况交流"的重要职责，起着审查把关、参谋咨询、协调涉法纠纷等关键作用。实践证明，市县推进依法行政、建设法治政府进程的快慢，除了政府领导的重视外，与该市县政府法制机构力量强弱有着很大关系。

因此，各级政府要高度重视发挥政府法制机构的职能作用，采取措施加强法制机构和队伍建设，充分发挥政府法制机构的综合、指导、协调、监督的职责，使政府法制机构在依法行政中为各级领导当好参谋、助手和法律顾问。根据《决定》要求，各级政府应从以下几个方面来加强市县政府法制机构和队伍建设：

（一）健全市县政府法制机构

政府法制机构责任大，任务重，需要有一支高素质的队伍。各级政府要从职能、级别、职数、编制、经费、人员选拔和深造培训等多方面进一步加强市县政府法制机构和队伍建设，使机构设置、人员配置与工作任务相适应，认真解决法制机构在工作中遇到的实际问题。

（二）加大对政府法制干部的培养、教育、使用和交流力度

各级政府要加大对政府法制干部的培养、教育、使用和交流力度，对那些踏实肯干、甘于奉献的优秀干部要大胆使用，充分调动广大政府法制干部的积极性、主动性和创造性。要按照中央有关文件的要求，注重选拔政治素质高、业务能力强并具有法律工作经历或者法律教育背景的干部进入市县政府和政府部门领导班子。要把有培养前途的干部有意识地放到政府法制工作岗位锻炼，使他们养成从制度上思考问题、用法律手段解决问题的习惯，努力提高管理经济社会事务的能力。

（三）强化培训，提升素质

要建立健全政府法制干部培训制度，统筹安排，周密

194

规划，有步骤、有重点地加强对政府法制工作人员的定期培训和深造学习，并注重实践锻炼和培养。各级政府法制机构及其工作人员更要切实增强新形势下政府法制工作的责任感和使命感，不断提高自身的政治素质、业务素质和工作能力。

四、完善推进市县政府依法行政报告制度

《纲要》明确规定，建立行政机关依法行政工作情况定期报告制度是各级政府推进依法行政工作的重要方式。《决定》则将该项制度进一步细化为：市县政府每年要向本级人大常委会和上一级政府报告本地区推进依法行政的进展情况、主要成效、突出问题和下一步工作安排。省、自治区、直辖市人民政府每年要向国务院报告本地区依法行政的情况。

市县政府及其工作部门要充分认识做好这一工作的重要意义，高度重视，认真负责地做好推进依法行政工作情况的定期报告。

五、其他行政机关贯彻《决定》的相关职责

《决定》提出，其他行政机关也要按照本决定的有关要求，加强领导，完善制度，强化责任，保证各项制度严格执行，加快推进本地区、本部门的依法行政进程。这要求包括乡镇、街道等在内的其他行政机关也应主动按照《决定》的要求和有关规定，大力建立健全推进依法行政的各项制度。

同时，省级政府及其部门和国务院各部门也应按照《决定》的要求，督促和支持市县政府依法行政，并为市县政府依法行政创造条件、排除障碍、解决困难。

国务院关于加强市县政府
依法行政的决定

(2008 年 5 月 12 日　国发〔2008〕17 号)

各省、自治区、直辖市人民政府，国务院各部委、各直属机构：

　　党的十七大把依法治国基本方略深入落实，全社会法制观念进一步增强，法治政府建设取得新成效，作为全面建设小康社会新要求的重要内容。为全面落实依法治国基本方略，加快建设法治政府，现就加强市县两级政府依法行政做出如下决定：

　　一、充分认识加强市县政府依法行政的重要性和紧迫性

　　（一）加强市县政府依法行政是建设法治政府的重要基础。市县两级政府在我国政权体系中具有十分重要的地位，处在政府工作的第一线，是国家法律法规和政策的重要执行者。实际工作中，直接涉及人民群众具体利益的行政行为大多数由市县政府做出，各种社会矛盾和纠纷大多数发生在基层并需要市县政府处理和化解。市县政府能否切实做到依法行政，很大程度上决定着政府依法行政的整体水平和法治政府建设的整体进程。加强市县政府依法行政，事关巩固党的执政基础、深入贯彻落实科学发展观、构建社会主义和谐社会和加强政府自身建设，必须把加强市县政府依法行政作为一项基础性、全局性工作，摆在更加突出的位置。

（二）提高市县政府依法行政的能力和水平是全面推进依法行政的紧迫任务。我国改革开放和社会主义现代化建设已进入新的历史时期，经济社会快速发展，一些深层次的矛盾和问题逐步显现，人民群众的民主法治意识和政治参与积极性日益提高，维护自身合法权益的要求日益强烈，这些都对政府工作提出了新的更高要求，需要进一步提高依法行政水平。经过坚持不懈的努力，近些年来我国市县政府依法行政已经取得了重大进展，但是与形势发展的要求还有不小差距，一些行政机关及其工作人员依法行政的意识有待增强，依法办事的能力和水平有待提高；一些地方有法不依、执法不严、违法不究的状况亟须改变。依法行政重点在基层，难点在基层。各地区、各部门要切实增强责任感和紧迫感，采取有效措施加快推进市县政府依法行政的进程。

二、大力提高市县行政机关工作人员依法行政的意识和能力

（三）健全领导干部学法制度。市县政府领导干部要带头学法，增强依法行政、依法办事意识，自觉运用法律手段解决各种矛盾和问题。市县政府要建立健全政府常务会议学法制度；建立健全专题法制讲座制度，制订年度法制讲座计划并组织实施；建立健全集中培训制度，做到学

198

法的计划、内容、时间、人员、效果"五落实"。

（四）加强对领导干部任职前的法律知识考查和测试。对拟任市县政府及其部门领导职务的干部，在任职前考察时要考查其是否掌握相关法律知识以及依法行政情况，必要时还要对其进行相关法律知识测试，考查和测试结果应当作为任职的依据。

（五）加大公务员录用考试法律知识测查力度。在公务员考试时，应当增加法律知识在相关考试科目中的比重。对从事行政执法、政府法制等工作的公务员，还要进行专门的法律知识考试。

（六）强化对行政执法人员的培训。市县政府及其部门要定期组织对行政执法人员进行依法行政知识培训，培训情况、学习成绩应当作为考核内容和任职晋升的依据之一。

三、完善市县政府行政决策机制

（七）完善重大行政决策听取意见制度。市县政府及其部门要建立健全公众参与重大行政决策的规则和程序，完善行政决策信息和智力支持系统，增强行政决策透明度和公众参与度。制定与群众切身利益密切相关的公共政策，要向社会公开征求意见。有关突发事件应对的行政决策程序，适用突发事件应对法等有关法律、法规、规章的规定。

（八）推行重大行政决策听证制度。要扩大听证范围，法律、法规、规章规定应当听证以及涉及重大公共利益和群众切身利益的决策事项，都要进行听证。要规范听证程序，科学合理地遴选听证代表，确定、分配听证代表名额要充分考虑听证事项的性质、复杂程度及影响范围。听证代表确定后，应当将名单向社会公布。听证举行 10 日前，应当告知听证代表拟做出行政决策的内容、理由、依据和背景资料。除涉及国家秘密、商业秘密和个人隐私的外，听证应当公开举行，确保听证参加人对有关事实和法律问题进行平等、充分的质证和辩论。对听证中提出的合理意见和建议要吸收采纳，意见采纳情况及其理由要以书面形式告知听证代表，并以适当形式向社会公布。

（九）建立重大行政决策的合法性审查制度。市县政府及其部门做出重大行政决策前要交由法制机构或者组织有关专家进行合法性审查，未经合法性审查或者经审查不合法的，不得做出决策。

（十）坚持重大行政决策集体决定制度。市县政府及其部门重大行政决策应当在深入调查研究、广泛听取意见和充分论证的基础上，经政府及其部门负责人集体讨论决定，杜绝擅权专断、滥用权力。

（十一）建立重大行政决策实施情况后评价制度。市县政府及其部门做出的重大行政决策实施后，要通过抽样检查、跟踪调查、评估等方式，及时发现并纠正决策存在的问题，减少决策失误造成的损失。

（十二）建立行政决策责任追究制度。要坚决制止和纠正超越法定权限、违反法定程序的决策行为。对应当听证而未听证的、未经合法性审查或者经审查不合法的、未经集体讨论做出决策的，要依照《行政机关公务员处分条例》第十九条第（一）项的规定，对负有领导责任的公务员给予处分。对依法应当做出决策而不做出决策，玩忽职守、贻误工作的行为，要依照《行政机关公务员处分条例》第二十条的规定，对直接责任人员给予处分。

四、建立健全规范性文件监督管理制度

（十三）严格规范性文件制定权限和发布程序。市县政府及其部门制定规范性文件要严格遵守法定权限和程序，符合法律、法规、规章和国家的方针政策，不得违法创设行政许可、行政处罚、行政强制、行政收费等行政权力，不得违法增加公民、法人或者其他组织的义务。制定作为行政管理依据的规范性文件，应当采取多种形式广泛听取意见，并由制定机关负责人集体讨论决定；未经听取意见、合法性审查并经集体讨论决定的，不得发布施行。对涉及公民、法人或者其他组织合法权益的规范性文件，要通过政府公报、政府网站、新闻媒体等向社会公布；未经公布的规范性文件，不得作为行政管理的依据。

（十四）完善规范性文件备案制度。市县政府发布规范性文件后，应当自发布之日起15日内报上一级政府备案；市县政府部门发布规范性文件后，应当自发布之日起15日内报本级政府备案。备案机关对报备的规范性文件要严格审查，发现与法律、法规、规章和国家方针政策相抵触或者超越法定权限、违反制定程序的，要坚决予以纠正，切实维护法制统一和政令畅通。建立受理、处理公民、法人或者其他组织提出的审查规范性文件建议的制度，认真接受群众监督。

（十五）建立规范性文件定期清理制度。市县政府及其部门每隔两年要进行一次规范性文件清理工作，对不符合法律、法规、规章规定，或者相互抵触、依据缺失以及不适应经济社会发展要求的规范性文件，特别是对含有地方保护、行业保护内容的规范性文件，要予以修改或者废止。清理后要向社会公布继续有效、废止和失效的规范性文件目录；未列入继续有效的文件目录的规范性文件，不得作为行政管理的依据。

五、严格行政执法

（十六）改革行政执法体制。要适当下移行政执法重心，减少行政执法层次。对与人民群众日常生活、生产直接相关的行政执法活动，主要由市、县两级行政执法机关实施。继续推进相对集中行政处罚权和综合行政执法试点工作，建立健全行政执法争议协调机制，从源头上解决多头执法、重复执法、执法缺位问题。

（十七）完善行政执法经费保障机制。市县行政执法机关履行法定职责所需经费，要统一纳入财政预算予以保障。要严格执行罚缴分离和收支两条线管理制度。罚没收入必须全额缴入国库，纳入预算管理。对下达或者变相下达罚没指标、违反罚缴分离的规定以及将行政事业性收费、罚没收入与行政执法机关业务经费、工作人员福利待遇挂钩的，要依照《违反行政事业性收费和罚没收入收支两条线管理规定行政处分暂行规定》第八条、第十一条、第十七条的规定，对直接负责的主管人员和其他直接责任人员给予处分。

（十八）规范行政执法行为。市县政府及其部门要严格执行法律、法规、规章，依法行使权力、履行职责。要完善行政执法程序，根据有关法律、法规、规章的规定，对行政执法环节、步骤进行具体规范，切实做到流程清楚、要求具体、期限明确。要抓紧组织行政执法机关对法律、法规、规章规定的有裁量幅度的行政处罚、行政许可条款进行梳理，根据当地经济社会发展实际，对行政裁量权予以细化，能够量化的予以量化，并将细化、量化的行政裁量标准予以公布、执行。要建立监督检查记录制度，完善行政处罚、行政许可、行政强制、行政征收或者征用等行政执法案卷的评查制度。市县政府及其部门每年要组织一次行政执法案卷评查，促进行政执法机关规范执法。

（十九）加强行政执法队伍建设。实行行政执法主体资格合法性审查制度。健全行政执法人员资格制度，对拟上岗行政执法的人员要进行相关法律知识考试，经考试合格的才能授予其行政执法资格、上岗行政执法。进一步整顿行政执法队伍，严格禁止无行政执法资格的人员履行行政执法职责，对被聘用履行行政执法职责的合同工、临时工，要坚决调离行政执法岗位。健全纪律约束机制，加强行政执法人员思想建设、作风建设，确保严格执法、公正执法、文明执法。

（二十）强化行政执法责任追究。全面落实行政执法责任制，健全民主评议制度，加强对市县行政执法机关及其执法人员行使职权和履行法定义务情况的评议考核，加大责任追究力度。对不依法履行职责或者违反法定权限和程序实施行政行为的，依照《行政机关公务员处分条例》第二十条、第二十一条的规定，对直接责任人员给予处分。

六、强化对行政行为的监督

（二十一）充分发挥社会监督的作用。市县政府要在自觉接受人大监督、政协的民主监督和司法机关依法实施的监督的同时，更加注重接受社会舆论和人民群众的监督。要完善群众举报投诉制度，拓宽群众监督渠道，依法保障人民群众对行政行为实施监督的权利。要认真调查、核实人民群众检举、新闻媒体反映的问题，及时依法做出处理；对社会影响较大的问题，要及时将处理结果向社会公布。对打击、报复检举、曝光违法或者不当行政行为的单位和个人的，要依法追究有关人员的责任。

（二十二）加强行政复议和行政应诉工作。市县政府及其部门要认真贯彻执行行政复议法及其实施条例，充分发挥行政复议在行政监督、解决行政争议、化解人民内部矛盾和维护社会稳定方面的重要作用。要畅通行政复议渠道，坚持便民利民原则，依法应当受理的行政复议案件必须受理。要改进行政复议审理方式，综合运用书面审查、实地调查、听证、和解、调解等手段办案。要依法公正做出行政复议决定，对违法或者不当的行政行为，该撤销的坚决予以撤销，该变更的坚决予以变更。要按照行政复议法实施条例的规定，健全市县政府行政复议机构，充实行政复议工作人员，行政复议机构审理行政复议案件，应当由2名以上行政复议人员参加；推行行政复议人员资格管理制度，切实提高行政复议能力。要认真做好行政应诉工作，鼓励、倡导行政机关负责人出庭应诉。行政机关要自觉履行人民法院做出的判决和裁定。

（二十三）积极推进政府信息公开。市县政府及其部门要加强对政府信息公开条例的学习宣传，切实做好政府信息公开工作。要建立健全本机关政府信息公开工作制度，指定机构负责本机关政府信息公开的日常工作，理顺内部工作机制，明确职责权限。要抓紧清理本机关的政府信息，做好政府信息公开指南和公开目录的编制、修订工作。要健全政府信息公开的发布机制，加快政府网站信息的维护和更新，落实政府信息公开载体。要建立健全政府信息公开工作考核、社会评议、年度报告、责任追究等制度，定期对政府信息公开工作进行考核、评议。要严格按照政府信息公开条例规定的内容、程序和方式，及时、准确地向社会公开政府信息，确保公民的知情权、参与权、表达权、监督权。

七、增强社会自治功能

（二十四）建立政府行政管理与基层群众自治有效衔接和良性互动的机制。市县政府及其部门要全面正确实施村民委员会组织法和城市居民委员会组织法，扩大基层群众自治范围，充分保障基层群众自我管理、自我服务、自我教育、自我监督的各项权利。严禁干预基层群众自治组织自治范围内的事情，不得要求群众自治组织承担依法应当由政府及其部门履行的职责。

（二十五）充分发挥社会组织的作用。市县政府及其

205

部门要加强对社会组织的培育、规范和管理，把社会可以自我调节和管理的职能交给社会组织。实施社会管理、提供公共服务，要积极与社会组织进行合作，鼓励、引导社会组织有序参与。

（二十六）营造依法行政的良好社会氛围。市县政府及其部门要深入开展法制宣传教育，弘扬法治精神，促进自觉学法守法用法社会氛围的形成。

八、加强领导，明确责任，扎扎实实地推进市县政府依法行政

（二十七）省级政府要切实担负起加强市县政府依法行政的领导责任。各省（区、市）人民政府要把加强市县政府依法行政作为当前和今后一个时期建设法治政府的重点任务来抓，加强工作指导和督促检查。要大力培育依法行政的先进典型，及时总结、交流和推广经验，充分发挥典型的示范带动作用。要建立依法行政考核制度，根据建设法治政府的目标和要求，把是否依照法定权限和程序行使权力、履行职责作为衡量市县政府及其部门各项工作好坏的重要标准，把是否依法决策、是否依法制定发布规范性文件、是否依法实施行政管理、是否依法受理和办理行政复议案件、是否依法履行行政应诉职责等作为考核内容，科学设定考核指标，一并纳入市县政府及其工作人员的实绩考核指标体系。依法行政考核结果要与奖励惩处、干部任免挂钩。加快实行以行政机关主要负责人为重点的行政问责和绩效管理制度。要合理分清部门之间的职责权限，在此基础上落实工作责任和考核要求。市县政府不履

行对依法行政的领导职责，导致本行政区域一年内发生多起严重违法行政案件、造成严重社会影响的，要严肃追究该市县政府主要负责人的责任。

（二十八）市县政府要狠抓落实。市县政府要在党委的领导下对本行政区域内的依法行政负总责，统一领导、协调本行政区域内依法行政工作，建立健全领导、监督和协调机制。要把加强依法行政摆上重要位置，主要负责人要切实担负起依法行政第一责任人的责任，加强领导、狠抓落实，确保把加强依法行政的各项要求落实到政府工作的各个方面、各个环节，认真扎实地加以推进。要严格执行依法行政考核制度。对下级政府和政府部门违法行政、造成严重社会影响的，要严肃追究该政府或者政府部门主要负责人的责任。

（二十九）加强市县政府法制机构和队伍建设。健全市县政府法制机构，使机构设置、人员配备与工作任务相适应。要加大对政府法制干部的培养、教育、使用和交流力度，充分调动政府法制干部的积极性、主动性和创造性。要按照中办、国办有关文件的要求，把政治思想好、业务能力强、有较高法律素质的干部充实到基层行政机关领导岗位。政府法制机构及其工作人员要切实增强做好新形势下政府法制工作的责任感和使命感，不断提高自身的政治素质、业务素质和工作能力，努力当好市县政府及其部门领导在依法行政方面的参谋、助手和顾问，在推进本地区依法行政中充分发挥统筹规划、综合协调、督促指导、政策研究和情况交流等作用。

（三十）完善推进市县政府依法行政报告制度。市县政府每年要向本级人大常委会和上一级政府报告本地区推进依法行政的进展情况、主要成效、突出问题和下一步工作安排。省（区、市）人民政府每年要向国务院报告本地区依法行政的情况。

其他行政机关也要按照本决定的有关要求，加强领导，完善制度，强化责任，保证各项制度严格执行，加快推进本地区、本部门的依法行政进程。

上级政府及其部门要带头依法行政，督促和支持市县政府依法行政，并为市县政府依法行政创造条件、排除障碍、解决困难。

夯实建设法治政府的基础[*]

本报评论员

近日，国务院发布了《国务院关于加强市县政府依法行政的决定》（以下简称《决定》）。这是国务院贯彻落实党的十七大精神，全面落实依法治国基本方略，加快建设法治政府的一项重要举措，对于巩固党的执政基础、深入贯彻落实科学发展观、构建社会主义和谐社会和加强政府自身建设具有十分重要的意义。

推进依法行政，重点在市县，难点也在市县。市县两级政府在我国政权体系中具有十分重要的地位，处在政府工作的第一线，是国家法律法规和政策的重要执行者。实际工作中，直接涉及人民群众具体利益的行政行为大多数由市县政府作出，各种社会矛盾和纠纷大多数发生在基层并需要市县政府处理和化解。市县政府能否切实做到依法行政，很大程度上决定着政府依法行政的整体水平和法治政府建设的整体进程。近些年来，我国市县政府依法行政取得了重要进展，但与建设法治政府的要求相比还有不小差距。围绕法治政府的目标，结合市县政府行政管理的特点和规律，针对当前存在的各种突出问题，国务院对加强

* 本文来源于《人民日报》2008 年 6 月 19 日第 7 版。

市县政府依法行政作出全面部署，提出明确要求，十分必要。《决定》的发布和实施，必将对市县政府依法行政产生重大影响，发挥重要的促进作用。

加强市县政府依法行政，要重视制度建设，用制度来管权、管事、管人，用制度来规范、约束和引导行政机关的行为，防止滥权专断，用制度来提高行政工作的质量和效率。要建立健全重大行政决策听取意见、听证、合法性审查、集体决定、实施情况后评价制度，把行政决策纳入规范化、制度化的轨道，确保行政决策科学、民主、合法；要建立健全规范性文件发布、备案和定期清理制度，切实纠正各种滥发"红头文件"损害法律权威、侵害人民群众合法权益的行为；要建立行政裁量基准制度，健全行政执法主体资格合法性审查和行政执法人员资格制度，规范行政执法行为，确保严格执法、公正执法、文明执法。

加强市县政府依法行政，要重视行政监督。权力一旦失去监督，就很容易被滥用，甚至滋生腐败。多年来的实践证明，完善监督机制，拓宽监督渠道，加大监督力度，是预防和减少违法行政的有效途径。市县政府要在自觉接受人大监督、政协的民主监督和司法机关依法实施的监督的同时，更加注重发挥人民群众和社会舆论监督的作用，积极推进政务公开，让权力在阳光下运行，切实保障人民群众的知情权、参与权、表达权和监督权；要切实强化行政系统内部监督，加强行政复议工作，建立并严格执行依法行政考核制度，完善依法行政报告制度，增强政府的公信力和执行力。

210

加强市县政府依法行政，必须严格责任追究。"令在必信，法在必行"；"有法不行，与无法同"。严格责任追究，是惩戒违法行政，确保法律法规和政策全面正确实施，维护人民群众合法权益的重要保障。要加强对行政决策、行政执法等行政管理环节违法行为的责任追究，加快实行以行政机关主要负责人为重点的行政问责制，切实提高行政机关工作人员的责任意识。

　　贯彻实施好《决定》，是各级政府和政府各部门当前和今后一个时期的一项重要任务。各地区、各部门必须充分认识这项工作的重要性和紧迫性，把它作为一项基础性、全局性工作摆到更加突出的位置，认真学习、深刻领会、广泛宣传、坚决执行。省级政府要切实担负起加强市县政府依法行政的领导责任，为市县政府依法行政创造条件、排除障碍、解决困难，加强工作指导和督促检查；市县政府要强化责任意识，狠抓落实，对本行政区域内的依法行政负总责，统一领导、协调本行政区域内依法行政工作，确保把加强依法行政的各项要求落实到政府工作的各个方面、各个环节。

国务院法制办主任曹康泰就 《国务院关于加强市县政府依法 行政的决定》答记者问

日前,国务院发布《关于加强市县政府依法行政的决定》(以下简称《决定》)。国务院法制办主任曹康泰就《决定》的有关问题回答了记者的提问。

问: 国务院发布这个《决定》,主要背景是什么?

答: 2003 年以来,国务院一直把依法行政作为一项事关全局的重要工作来抓。对推进依法行政作出了一系列重要安排和部署,每年都明确提出依法行政的重点工作和目标任务。在国务院的高度重视和正确领导下,各地区、各部门精心组织,狠抓落实,做了大量扎实有效的工作。总体上看,依法行政取得了明显进展和显著成效。同时,推进依法行政工作进展还不平衡,依法行政、依法办事的能力和水平与建设法治政府的要求相比还有不小差距。

市县两级政府在我国政权体系中具有十分重要的地位,处在政府工作的第一线,是国家法律法规和政策的重要执行者。实际工作中,直接涉及人民群众具体利益的行政行为大多数由市县政府作出,各种社会矛盾和纠纷大多数发生在基层并需要市县政府处理和化解。市县政府能否切实

212

做到依法行政，很大程度上决定着政府依法行政的整体水平和法治政府建设的整体进程。当前，我国社会主义现代化建设进入了一个新的历史时期，既面临前所未有的发展机遇，也显现出深层次的矛盾和问题。随着经济社会的快速发展，人民群众民主法治意识不断增强，维护自身合法权益的要求日益强烈，对市县政府工作提出了新的更高要求。

因此，无论是解决当前市县政府依法行政中存在的突出问题，还是适应新形势新要求，坚持邓小平理论和"三个代表"重要思想，深入贯彻落实科学发展观、构建社会主义和谐社会、加强政府自身改革和建设，都迫切需要由国务院发布一个决定，专门就加强市县政府依法行政问题作出部署和安排。

问：起草这个《决定》，遵循了什么样的总体思路？

答：一是，加强市县政府依法行政，必须结合市县政府工作的特点，针对市县政府依法行政中存在的突出问题。《决定》从充分认识加强市县政府依法行政的重要性和紧迫性、大力提高市县行政机关工作人员依法行政的意识和能力、完善市县政府行政决策机制、建立健全规范性文件监督管理制度、严格行政执法、强化对行政行为的监督、增强社会自治功能、加强组织领导等八个方面作了规定。

二是，提出加强市县政府依法行政的各项任务和措施，既要有指导性，又要有可操作性。《决定》对当前和今后一个时期市县政府应该做到而且能够做到的工作，提出了明确要求；对市县政府应该做到但一时难以做到的工作，也作出相应部署，鼓励市县政府积极探索。

三是，加强市县政府依法行政，既要充分发挥市县政府自身的积极性、主动性和创造性，又要强化省级政府的责任。我国行政层级领导的特点，决定了省级政府在加强市县政府依法行政中起着承上启下的重要作用。因此，《决定》不仅对市县政府依法行政规定了任务和措施，而且对省级政府组织领导、督促指导的职责也提出了明确要求。

问：《决定》在提高市县行政机关工作人员依法行政的意识和能力方面提出了哪些要求？

答：行政机关工作人员尤其是领导干部的依法行政意识和能力，在一定程度上决定着一个地区、一个部门依法行政的整体水平。近些年来推进依法行政的经验表明，提高市县行政机关工作人员依法行政的意识和能力，关键是要建立健全制度和机制，强化培训考核。《决定》要求，要健全领导干部学法制度，建立健全政府常务会议学法制度、专题法制讲座制度、集中培训制度，使领导干部养成依法行政、依法办事的习惯；加强对领导干部任职前的法律知识考查和测试，考查和测试结果作为任职的依据；加大公务员录用考试法律知识测查力度，增加法律知识在相关考试科目中的比重，对从事行政执法、政府法制等工作的公务员还要进行专门的法律知识考试；强化对行政执法人员的培训，培训情况、学习成绩作为考核内容和任职晋升的依据之一。

问：《决定》在行政决策方面提出了哪些要求？

答：科学决策、民主决策、依法决策，是做好政府各项工作的前提。只有建立健全重大行政决策的规则和程序，把行政决策纳入规范化、制度化的轨道，才能提高决策质量。《决定》提出，要完善重大行政决策听取意见制度，建立健全公众参与重大行政决策的规则和程序，完善行政决策信息和智力支持系统，增强行政决策透明度和公众参与度；建立重大行政决策的合法性审查制度，未经合法性审查或者经审查不合法的，不得作出决策；坚持重大行政决策集体决定制度，杜绝擅权专断、滥用权力；建立重大行政决策实施情况的后评价制度，及时发现并纠正决策存在的问题，减少决策失误造成的损失；建立行政决策责任追究制度，对应当听证而未听证的、未经合法性审查或者经审查不合法的、未经集体讨论作出决策的，依法对负有领导责任的公务员给予处分。对依法应当作出决策而不作出决策，玩忽职守、贻误工作的行为，要依照行政机关公务员处分条例第二十条的规定，对直接责任人员给予处分。同时，为了推行重大行政决策听证制度，规范听证活动，提高听证的实效性和公信力，《决定》在扩大听证范围、科学合理遴选听证代表、建立听证前告知制度、规范听证程序、明确听证效力等方面对重大行政决策听证制度作了专门规定。

问：《决定》在规范性文件监督管理方面有哪些规定？

答：制定规范性文件，是市县政府执行法律、法规、规章和国家政策，实施行政管理的重要方式。为了切实解决当前市县政府在制定规范性文件方面存在的问题，《决定》规定，严格规范性文件制定权限和发布程序，未经听取意见、合法性审查并经集体讨论决定的，不得发布施行，未经公布的，不得作为行政管理的依据；完善规范性文件备案制度，市县政府及其部门发布规范性文件后，应当自发布之日起15日内报上级行政机关备案；建立规范性文件定期清理制度，市县政府及其部门每隔2年要进行一次规范性文件清理工作，未列入继续有效的规范性文件目录的，不得作为行政管理的依据。

问：《决定》在规范行政执法方面有哪些规定？

答：为确保国家法律、法规、规章在市县得到全面正确实施，针对当前市县行政机关执法中存在的突出问题，《决定》要求，要改革行政执法体制，继续推进相对集中行政处罚权和综合行政执法试点工作，建立健全行政执法争议协调机制；规范行政执法行为，完善行政执法程序，明确行政裁量标准，建立行政执法监督检查记录制度；加强行政执法队伍建设，实行行政执法主体资格合法性审查制度，健全行政执法人员资格制度，进一步整顿行政执法队伍，健全纪律约束机制，加强行政执法人员思想建设、作风建设；全面落实行政执法责任制，强化行政执法责任追究，对不依法履行职责或者违反法定权限和程序实施行政行为的，依法对直接责任人员给予处分。同时，针对执法实践中存在的行政执法与利益挂钩现象，《决定》规定，完善行政执法经费保障机制，罚没收入必须全额缴入国库，纳入预算管理；严格执行罚缴分离和收支两条线管理制度；对违反行政事业性收费和罚没收入收支两条线管理规定的，依法对直接负责的主管人员和其他责任人员给予处分。

问：《决定》在行政监督方面有哪些规定？

答：强化对行政行为的监督，是促使行政机关工作人员严格依法行政，防止行政权力滥用，预防和制止腐败的重要手段。《决定》规定，市县政府要在自觉接受人大监督、政协的民主监督、司法机关依法实施的监督的同时，更加重视和发挥社会监督的作用；认真贯彻行政复议法及其实施条例，加强行政复议工作和行政应诉工作；积极推进政府信息公开，确保公众的知情权、参与权、表达权和监督权。

问：《决定》在社会自治方面有哪些规定？

答：保障基层群众自我管理、自我服务、自我教育、自我监督的各项权利，充分发挥社会组织在社会管理和公共服务中的作用，增强社会自治功能，是加强市县政府依法行政的必要条件和重要内容。《决定》规定，建立政府行政管理与基层群众自治有效衔接和良性互动的机制，扩大基层群众自治范围，严禁干预基层群众自治组织自治范围内的事情，不得要求群众自治组织承担依法应当由政府及其部门履行的职责；市县政府及其部门要加强对社会组织的培育、规范和管理，鼓励、引导社会组织有序参与社会管理和公共服务；营造依法行政的良好社会氛围，弘扬法治精神，促进自觉学法守法用法社会氛围的形成。

问：贯彻实施好这个《决定》，需要做好哪些工作？

答：为了加强对市县政府依法行政的领导，确保《决定》得到有效执行，省级政府要切实担负起加强市县政府依法行政的领导责任，支持市县政府依法行政工作，为市县政府依法行政创造条件、排除障碍、解决困难，同时要加强对市县政府依法行政的工作指导和督促检查，建立依法行政考核制度，加快实行以行政机关主要负责人为重点的行政问责和绩效管理制度；市县政府要强化责任意识，狠抓落实，对本行政区域内的依法行政负总责，统一领导、协调本行政区域内依法行政工作，建立健全领导、监督和协调机制，定期报告本地区推进依法行政的进展情况、主要成效、突出问题和下一步工作安排，加强市县政府法制机构和队伍建设；其他行政机关也要按照《决定》的有关要求，加强领导，完善制度，强化责任，保证各项制度严格执行，加快推进本地区、本部门的依法行政进程。

后　记

2008 年 5 月 12 日，国务院发布了《国务院关于加强市县政府依法行政的决定》。这是国务院贯彻落实党的十七大精神，全面落实依法治国基本方略，加快建设法治政府的一项重要举措，对于巩固党的执政基础、深入贯彻落实科学发展观、构建社会主义和谐社会和加强政府自身建设具有十分重要的意义。

《决定》以党的十七大精神和科学发展观为指导，总结近年来推进依法行政的基本经验，适应深入落实依法治国基本方略、进一步增强全社会法制观念、推动法治政府建设取得新成效等全面建设小康社会的新要求，就充分认识加强市县政府依法行政的重要性和紧迫性、大力提高市县行政机关工作人员依法行政的意识和能力、完善市县政府行政决策机制、建立健全规范性文件监督管理制度、严格行政执法、强化对行政行为的监督、增强社会自治功能、加强组织领导等八个方面作出了具体规定。

《决定》针对当前市县政府依法行政中存在的突出问题，对加强市县政府依法行政作出了全面部署，提出了明确要求，为加强市县政府依法行政指明了方向，是指导和推进市县政府依法行政的重要文件。认真学习、深刻领会《决定》的精神实质和主要内容，贯彻实施好《决定》，是各级政府和政府各部门当前和今后一个时期的一项重要任务，也是贯彻落实《决定》的关键所在。

为方便各级行政机关，特别是基层行政机关及其工作人员，以及社会各界全面了解、准确把握《决定》的主要内容，我们几位参与《决定》研究、起草工作的同志编写了这本《国务院关于加强市县政府依法行政的决定辅导读本》，把研究、起草的背景情况，起草的总体思路，有关制度的涵义和要求，以及一些感想、体会记录下来，以期对学习、理解、掌握《决定》的内容有所帮助。

本书由国务院法制办公室主任曹康泰同志担任主编，李岳德、赵振华、李利军、李富成、张禹、倪娜、许驰、于宏伟、董蕊、郭彬同志共同撰写。全书由国务院法制办公室政府法制研究中心主任李岳德同志统稿。

囿于作者水平所限，本书如有不正确、不全面之处，敬请读者批评指正。

作　者

二〇〇八年十月十七日

图书在版编目（CIP）数据

国务院关于加强市县政府依法行政的决定辅导读本/
曹康泰主编．—北京：中国法制出版社，2008.10
ISBN 978-7-5093-0839-4

Ⅰ．国…　Ⅱ．曹…　Ⅲ．地方政府 - 行政执法 - 中国
- 学习参考资料　Ⅳ．D922.114

中国版本图书馆 CIP 数据核字（2008）第 162248 号

国务院关于加强市县政府依法行政的决定辅导读本
GUOWUYUAN GUANYU JIAQIANG SHIXIAN ZHENGFU YIFA
XINGZHENG DE JUEDING FUDAO DUBEN

主编/曹康泰
经销/新华书店
印刷/三河市紫恒印装有限公司

开本/880×1230 毫米　32	印张/ 7　字数/ 126 千
版次/2008 年 11 月第 1 版	2008 年 11 月第 1 次印刷

中国法制出版社出版
书号 ISBN 978-7-5093-0839-4　　　　　　定价：20.00 元

北京西单横二条 2 号　邮政编码 100031　　　　传真：66031119
网址：http://www.zgfzs.com　　　　编辑部电话：66034242
市场营销部电话：66033393　　　　　　邮购部电话：66033288